KAMA SUTRA

Leia também na Coleção **L&PM** POCKET:

Anti-Justine ou As delícias do amor – Restif de La Bretonne
A ninfomania – D. T. Bienville
O marido complacente – Marquês de Sade
Os crimes do amor – Marquês de Sade
O sofá – Crébillon Fils
Teresa filósofa – Anônimo do século XVIII
Fanny Hill ou memórias de uma mulher de prazer – John Cleland

Vatsyayana

KAMA SUTRA

Traduzido do sânscrito em sete partes, com prefácio, introdução e observações conclusivas por Sir Richard Burton

Traduzido do inglês por Luciane Aquino

www.lpm.com.br

L&PM POCKET

Coleção **L&PM** POCKET, vol. 514

Texto de acordo com a nova ortografia.

Esta edição baseou-se no *The Kama Sutra da Modern Library*, que por sua vez reproduz o texto da clássica edição de 1883 da tradução inglesa de Sir Richard Burton.

Primeira edição na Coleção **L&PM** POCKET: maio de 2006
Esta reimpressão: setembro de 2025

Capa: Marco Cena
Tradução: Luciane Aquino
Revisão: Renato Deitos, Bianca Pasqualini, Jó Saldanha e Caren Capaverde

---

V342k

Vatsyayana
Kama Sutra de Vatsyayana; traduzido do sânscrito com introdução e observações de Sir Richard Burton; tradução de Luciane Aquino. – Porto Alegre: L&PM, 2025.
240 p. ; 18 cm – (Coleção L&PM POCKET; v.514)

ISBN 978-85-254-1494-6

1. Amor. 2.Sexo. 3.Erotismo. 4.Hinduismo-amor. 5.Burton, Richard, Sir, 1821-1890. I. Título. II. Série.

CDU 612.6.057:392.61.000.294.5
392.61.000.294.5:612.6.057

Catalogação elaborada por Izabel A. Merlo, CRB 10/329.

Rua Comendador Coruja, 314, loja 9 – Floresta – 90220-180
Porto Alegre – RS – Brasil / Fone: 51.3225.5777

PEDIDOS & DEPTO. COMERCIAL: vendas@lpm.com.br
FALE CONOSCO: info@lpm.com.br
www.lpm.com.br

Impresso no Brasil
Primavera de 2025

Richard F. Burton

Richard Francis Burton, o explorador, linguista e escritor vitoriano lembrado hoje principalmente por sua tradução de *As mil e uma noites* para o inglês e cuja vida esteve intimamente relacionada ao imperialismo britânico do século 19, nasceu em Torquay, Devon, em 19 de março de 1821. Era descendente de uma próspera família da aristocracia rural, viveu uma infância nômade e exótica, quando teve contato com ciganos. Em 1822, o pai de Burton, um ex-tenente-coronel do exército britânico, mudou-se com a família para Beauséjour, na França. Durante a década de 1830, perambularam pela França e pela Itália, voltando à Inglaterra somente para curtas visitas. Já nessa época Burton mostrava talento com línguas e curiosidade pela vida de diferentes povos; era fluente em grego, latim, italiano e francês. Em 1840, entrou para o Trinity College, da Universidade de Oxford. Lá, principiou seu estudo da língua árabe, mas foi expulso em 1842 por mau comportamento. Então juntou-se ao Exército de Bombaim, uma divisão da Companhia das Índias Orientais – não para ser um soldado, mas para aprender sobre a cultura oriental. Burton viveu os sete anos seguintes na província de Sind, ao norte do país, como pesquisador de campo e oficial de inteligência, disfarçando-se com frequência de mercador muçulmano. Dominava uma dúzia de idiomas orientais, incluindo o árabe, o hindustâni e várias outras línguas indianas, e absorveu tudo o que podia sobre a cultura indiana.

Em 1850, foi para Boulogne, na França, onde escreveu três livros sobre as suas experiências na Índia: *Goa, and the Blue Mountains*; *Scinde, or, the Unhappy Valley* e *Sindh, and the Races that Inhabit the Valley of the Indus.* Em 1853, após muito planejamento e preparo, disfarçado de médico afegão, viajou para Medina e para Meca, onde visitou e fez esboços, correndo grande risco, dos templos sagrados do Islã, proibidos para não muçulmanos. Embora não tenha sido o primeiro ocidental a empreender tal viagem (a honra cabendo a Ludovico di Barthema, 1503), a sua viagem, apoiada pela Royal Geographical Society, foi melhor documentada. *Personal Narrative of a Pilgrimage to El-Medinah and Mecca* (1855-1856), uma visão enciclopédica do mundo islâmico, é considerada por muitos a sua mais importante narrativa de viagem.

Aclamado na Inglaterra por esse livro, Burton partiu em uma expedição pela Etiópia e pela Somália, até a cidade proibida de Harer, na companhia do capitão John Speke. Burton foi o primeiro europeu a entrar e sair da cidade sem ser executado. *First Footsteps in East Africa* (1856) documenta essa aventura. Depois de um período servindo ao exército na Guerra da Crimeia, Burton partiu para Zanzibar em 1857, na tentativa de localizar a desconhecida fonte do rio Nilo. *The Lake Regions of Central Africa* (1860) relata a expedição de dois anos que resultou na descoberta dos lagos Tanganyika e Victoria, este último considerado a fonte do Nilo. Em 1860, Burton atravessou os Estados Unidos até Salt Lake City. *The City of the Saints* (1861) descreve a Igreja Mórmon e traça um retrato de seu líder, Brigham Young. Em 1861, Burton casou-se com Isabel Arundell, uma católica devota, e entrou para o Ministério das Relações Exteriores britânico. Designado para um posto consular menor em Fernando Póo, uma ilha na costa do que hoje é Camarões, ele estudou a etnologia das tribos nativas e acumulou notas para quatro livros: *Wanderings in West Africa* (1863), *Abeokuta and the Cameroon Mountains* (1863), *A Mission to Gelele, King of Dahome* (1864) e *Two Trips to Gorilla Land and the Cataracts of the Congo* (1876). Durante o exercício de outros cargos diplomáticos em São Paulo, no Brasil (1864-1869), e em Damasco, na Síria (1869-1871), ele escreveu *Viagens aos planaltos do Brasil* (1869), *Cartas dos campos de batalha do Paraguai* (1870) e *Unexplored Syrya* (1871).

Burton passou os anos finais da sua vida no tranquilo consulado de Trieste, na Itália. Entregou-se ainda a duas derradeiras aventuras: expedições em busca de minas de ouro no Egito (1876-1880) e na África Oriental (1881-1882), que resultaram em *The Gold Mines of Midian* (1878) e *To the Gold Coast for Gold* (1883). Durante esse período, ele também escreveu *The Kasîdah* (1880), um poema elegíaco moldado a partir de *Rubaiyat*, de Omar Khayyám, e traduziu *Os lusíadas*, de Camões (1880), de quem também chegou a escrever uma biografia. Além disso, traduziu poemas do poeta latino Catulo, várias obras de literatura italiana e dois clássicos do erotismo indiano, o *Kama Sutra* de Vatsyayana (1883) e o *Ananga Ranga* (1885), assim como o tratado árabe da sexualidade, o *Jardim perfumado do xeque Nefzaoui* (1886). Verteu também para o inglês *As mil e uma noites* (editadas em dezesseis volumes entre 1885-1888). Foi condecorado cavalheiro da coroa britânica pela rainha Vitória em 1886.

O capitão *Sir* Richard Burton morreu em Trieste em 20 de outubro de 1890. Alarmada com o conteúdo de sexo explícito nos escritos de seu marido, Isabel

Burton queimou quarenta anos de anotações, diários e manuscritos. Somente um punhado de obras de Burton foi publicado postumamente, destacando-se *The Few, the Gipsy and El Islam* (1898) e *Wanderings in Three Continents* (1901).

Sumário

Prefácio

Na literatura de todos os países, é possível encontrar um certo número de obras que tratam especificamente do amor. Em cada lugar, o tema é abordado de maneira diversa e sob vários pontos de vista. Nesta publicação, a proposta é fornecer uma tradução completa do que é considerada a principal obra sobre o amor em sânscrito, e que é chamada de *Kama Sutra de Vatsyayana*, ou *Aforismos sobre o amor, de Vatsyayana.*

A introdução tratará das informações sobre a data em que a obra foi escrita e dos comentários sobre ela, e os capítulos que seguem apresentam a tradução da obra em si. É conveniente, no entanto, fornecer aqui uma breve análise de trabalhos semelhantes, compostos por autores que viveram e escreveram anos depois que Vatsya havia morrido, mas que ainda o consideravam uma grande autoridade e sempre o citavam como a principal referência para a literatura erótica hindu.

Além do tratado de Vatsyayana, as seguintes obras sobre o mesmo tema podem ser consultadas na Índia:

1. O *Ratirahasya*, ou *Segredos do amor.*
2. O *Panchasakya*, ou *Cinco flechas.*
3. O *Smara Pradipa*, ou *Luz do amor.*
4. O *Ratimaujari*, ou *A grinalda do amor.*
5. O *Rasmaujari*, ou *Broto do amor.*

6. O *Anunga Runga*, ou *Palco do amor*, também chamado de *Kamaledhiplara*, ou *Bote no oceano do amor*.

O autor de *Segredos do amor* é um poeta chamado Kukkoka. Ele escreveu essa obra para agradar a Venudutta, que se acredita ter sido um rei. Ao escrever o próprio nome ao final de cada capítulo, ele se denomina "Siddha patiya paudita", ou seja, um ingênuo entre sábios. A obra foi traduzida para o híndi há anos, e o nome do autor foi abreviado para Koka. E como esse mesmo nome serviu a todas as traduções para outras línguas na Índia, o livro tornou-se amplamente conhecido e passou a ser popularmente chamado de *Koka Shastra*, ou *Doutrinas de Koka*, o que significa também *Kama Shastra*, ou *Doutrinas do amor*, e, assim, as palavras *Koka Shastra* e *Kama Shastra* passaram a ser usadas sem diferenciação.

A obra contém cerca de oitocentos versos e está dividida em dez capítulos, que são chamados de *Pachivedas*. Alguns dos assuntos tratados nessa obra não são encontrados no Vatsyayana, como as quatro classes de mulheres, ou seja, *Padmini*, *Chitrini*, *Shankini* e *Hastini*, assim como a enumeração dos dias e das horas em que as mulheres de diferentes classes se entregam ao amor. O autor acrescenta que se baseou nas opiniões de Gonikaputra e de Nande Keshwara, ambos mencionados por Vatsyayana, mas de cujos trabalhos não se tem registro. É difícil dar qualquer ideia aproximada sobre o ano em que a obra foi escrita. Presume-se que foi escrita depois da de Vatsyayana e antes de outras obras sobre o tema que conhecemos. Vatsyayana cita dez autores que abordam o tema, e todos são autores de obras consultadas por ele, mas nenhuma delas existe hoje, e Kukkoka, especialmente, não é citado. Isso parece mostrar que Kukkoka escreveu depois de Vatsya, pois, se fosse o contrário, Vatsya o teria mencionado como um autor do mesmo tipo de literatura, junto com os outros.

O autor de *Cinco flechas* foi um certo Jyotrisha. Ele é chamado de "preciosidade entre os poetas, tesouro das 64 artes, e melhor professor das regras da música". Ele diz que escreveu a obra depois de refletir sobre os aforismos acerca do amor revelados pelos deuses e estudar a opinião de Gonikaputra, Muladeva, Babhravya, Ramtideva, Nundikeshwara e Kshemaudra. É impossível dizer se ele estudou de fato todos esses autores ou se somente ouviu falar sobre eles. De qualquer forma, nenhuma obra parece existir hoje. *Cinco flechas* contém cerca de seiscentos versos e é dividida em cinco capítulos, chamados de *Sazakas*, ou flechas.

O autor de *Luz do amor* foi o poeta Gunakara, o filho de Vechapati. A obra contém quatrocentos versos e aborda brevemente as doutrinas do amor, dedicando-se mais a outros assuntos.

A grinalda do amor é a obra do famoso poeta Jazadeva, que se proclamava capaz de versar sobre todos os assuntos. Esse tratado é, no entanto, muito curto, contendo apenas 125 versos.

O autor de *Broto do amor* foi um poeta chamado Bhanndatta. De acordo com o último verso do manuscrito, ele residia na província de Tirhoot e era filho de um brâmane chamado Ganeshwar, que também era poeta. A obra, redigida em sânscrito, descreve os diferentes tipos de homens e mulheres, conforme a idade, a descrição, a conduta etc. Contém três capítulos, e a data em que foi escrita é desconhecida e impossível de ser averiguada.

Palco do amor foi escrito pelo poeta Kullianmull, para o entretenimento de Ladkhan, filho de Ahmed Lodi. Em alguns casos, Ladkhan é referido como Ladana Mull e, em outros, como Ladanahalla. Supõe-se que ele tinha uma relação ou conexão com a dinastia de Lodi, que reinou no Hindustão de 1450 a 1526 d.C. A obra teria sido, portanto, escrita no século 15 ou 16. Contém dez capítulos e foi traduzida para o inglês, mas somente seis exemplares foram impressos, com o propósito de circular de maneira privada. Supõe-se que essa seja a última obra em sânscrito sobre o tema, e as ideias nela contidas foram evidentemente tiradas de escritos prévios da mesma natureza.

O conteúdo desses trabalhos constitui, em si, uma curiosidade literária. Tanto na poesia como no drama sânscritos, há uma certa dose de sentimento poético e de romance que lança um véu imortal sobre o tema em todos os países e em todas as línguas. Aqui, no entanto, ele é tratado de maneira direta, simples e trivial. Homens e mulheres são divididos em classes, da mesma forma que Buffon e outros autores de história natural classificaram e dividiram o reino animal. Da mesma forma como Vênus era representada pelos gregos como o símbolo da beleza nas mulheres, também os hindus descrevem a mulher Padmini ou Lótus como o símbolo da mais perfeita excelência feminina:

> Aquela na qual aparecem os seguintes sinais e sintomas é chamada de Padmini. O seu rosto é encantador como a lua cheia, seu corpo, bem coberto de carnes, é macio como as Shiras ou flores da mostarda, sua pele é fina, tenra e bela como o lótus amarelo, nunca escura. Seus olhos são brilhantes e belos como o do cervo novo, bem desenhados e com cantos avermelhados. Seu seio é firme, cheio e alto. Ela tem um pescoço elegante. Seu nariz é reto e agradável, e três dobras ou rugas cruzam seu corpo na altura da região umbilical. A sua *yuni* parece um botão de lótus abrindo-se, e a sua semente do amor (*Kama salila*) é perfumada como o lírio que recém desabrochou. Caminha como um cisne,

sua voz é baixa e musical como o canto do pássaro *Hokila*; ela causa deleite ao usar roupas brancas, finas joias e ricos vestidos. Ela come pouco, tem sono leve e, sendo tão respeitosa e religiosa quanto é inteligente e cortês, nunca está indisposta para cultuar os deuses e para conversar com os brâmanes. Essa, então, é a mulher *Padmini* ou Lótus.

Seguem-se então descrições detalhadas da *Chitrini*, ou mulher Arte, da *Shankhini*, ou mulher Poltrona, e da *Hastini*, ou mulher elefanta, seus dias de prazer, suas zonas erógenas, o modo como gostam de ser tocadas e tratadas durante o ato sexual, junto com as características de homens e mulheres dos vários países do Hindustão. Os detalhes são tão numerosos e os assuntos são tratados de maneira tão séria e tão minuciosa que o espaço e o tempo não permitem que sejam abordados aqui.

Há uma obra em língua inglesa bastante similar às dos hindus. Chama-se *Kalogynomia: or the laws of female beauty*, que consiste nos princípios elementares dessa ciência, escrito por T. Bell, médico, livro com 24 capítulos e impresso em Londres em 1821. Trata da beleza, do amor, do ato sexual, das leis que o regulam, de monogamia e poligamia, de prostituição, de infidelidade, terminando com um *catalogue raisonnée* dos defeitos da beleza feminina.

Outra obra em inglês também entra em grandes detalhes sobre a vida doméstica e privada. Chama-se *The elements of social science or physical, sexual and natural religion, with a solution of the social problems*, escrita por um doutor em Medicina de Londres, Edward Truelove, residente ao número 256, High Holborn. Para pessoas interessadas no assunto, essa obra fornece dados raramente publicados antes e que devem ser entendidos amplamente por filantropos e benfeitores da sociedade.

Depois da leitura atenta das obras hindus e dos livros ingleses mencionados, o leitor entenderá o tema de um ponto de vista materialista, realista e prático. Se toda ciência está fundamentada mais ou menos sobre fatos, não pode haver prejuízo em fazer com que a humanidade conheça certos assuntos intimamente relacionados com a sua vida privada, doméstica e social.

A completa ignorância, infelizmente, arruinou muitas mulheres e muitos homens, enquanto um pouco de conhecimento sobre um assunto geralmente ignorado pelas massas teria permitido que um grande número de pessoas entendesse muitas coisas que elas acreditavam ser incompreensíveis ou que não eram consideradas merecedoras de sua atenção.

Introdução

Pode ser interessante para alguns leitores conhecer a história do descobrimento de Vatsyayana e da sua tradução para o inglês. Aconteceu assim: enquanto eu traduzia o *Anunga runga*, ou *Palco do amor*, com o auxílio de sábios brâmanes (*pundits*), encontrava frequentemente referências a um certo Vatsya. O sábio Vatsya era dessa ou daquela opinião. O sábio Vatsya disse isso ou aquilo e assim por diante. Naturalmente, eu fazia perguntas sobre quem era o sábio, e os *pundits* respondiam que Vatsya era o autor da principal obra sobre o amor na literatura em sânscrito, que nenhuma biblioteca em sânscrito estaria completa sem o seu trabalho e que hoje era muito difícil obtê-lo em versão integral. A cópia do manuscrito obtido em Bombaim tinha falhas, e então os *pundits* escreveram para Benares, Calcutá e Jaipur, pedindo cópias do manuscrito às bibliotecas em sânscrito desses locais. As cópias foram então comparadas e, com ajuda de uma coletânea de comentários chamada *Jayamaugta*, preparou-se um exemplar revisado de todo o manuscrito, e a partir dele foi feita a tradução para o inglês. Esta é a certificação do principal *pundit*:

"Este manuscrito foi corrigido por mim depois de compará-lo a quatro diferentes cópias. Trabalhei com a ajuda de um comentário chamado *Jayamaugta* para corrigir as cinco primeiras partes, mas tive grande dificuldade em corrigir o restante porque, com exceção de uma cópia razoavelmente correta, todas as outras cópias disponíveis eram muito imprecisas. De qualquer forma, considerei corretos os trechos em que a maioria das cópias concordava entre si".

O *Aforismos sobre o amor*, de Vatsyayana, contém cerca de 1.250 *slokas*, ou versos. Está dividido em partes, cada parte em capítulos, e cada capítulo em parágrafos. Ele tem sete partes, 36 capítulos e 64 parágrafos. Pouca coisa se sabe sobre o autor. Supõe-se que o seu nome real fosse Mallinaga ou Nirillana, sendo Vatsyayana o seu nome de família. No fim da obra, isto é o que ele diz sobre si mesmo:

"Este tratado foi escrito de acordo com os preceitos da Sagrada Escritura, para benefício do mundo, por Vatsyayana, depois de ler e de levar em consideração o trabalho de Babhravya e de outros autores antigos e de pensar sobre o significado das regras ditadas por eles. Ele fez isso enquanto levava uma vida de estudante religioso, completamente entregue à contemplação da divindade. Este trabalho não tem o propósito de ser usado meramente como instrumento para satisfazer nossos desejos. Quem conhece os princípios verdadeiros dessa ciência, preserva o seu *Dharma* (virtude ou mérito religioso), seu *Artha* (riqueza mundana) e seu *Kama* (prazer ou gratificação sensual) e tem respeito pelos costumes do povo, tem a certeza de obter o domínio de seus sentidos. Em resumo, uma pessoa prudente e inteligente, preocupada com *Dharma*, *Artha* e também com *Kama*, obtém sucesso em tudo o que empreender, sem se tornar escravo de suas paixões".

É impossível fixar a data exata tanto da vida de Vatsyayana quanto de seu trabalho. Supõe-se que ele tenha vivido entre o século 1 e o século 6 da era cristã, baseando-se nos seguintes fatos: ele menciona que Shatakarni

Shatavahana, um rei de Knutal, matou a mulher, Malayavati, com um instrumento chamado *kartari* ao golpeá-la, na paixão do amor, e Vatsya cita o caso para advertir sobre o perigo de alguns costumes antigos de golpear as mulheres quando se está sob a influência de forte paixão. Acredita-se que esse rei Knutal viveu e reinou durante o primeiro século da era cristã, e, consequentemente, Vatsya deve ter vivido depois dele. Por outro lado, Varahamihira, no 18º capítulo de seu *Brihatsanhita*, trata da ciência do amor e parece ter tomado emprestado de Vatsyayana muito material sobre o assunto. Varahamihira teria vivido durante o século 6 d.C., e Vatsya deve ter escrito suas obras antes disso, ou seja, o período de sua existência não deve ser antes do século 1 d.C. e nem depois do século 6 d.C.

Sobre o texto de *Aforismos sobre o amor*, de Vatsyayana, foram encontrados somente dois comentários. Um chama-se *Jayamaugta* ou *Sutrabashya*, o outro se chama *Sutra vritti*. A data do *Jayamaugta* está fixada entre os séculos 10 e 13 d.C. porque, ao tratar das 64 artes, toma-se um exemplo do *Kavyaprakasha*, que foi escrito por volta do século 10 d.C. A cópia do comentário era evidentemente transcrita de um manuscrito que esteve uma vez na biblioteca de um rei de Chaulukya chamado Vishaladeva, um fato deduzido a partir da seguinte sentença, localizada no fim da obra:

"Aqui termina a parte relacionada com a arte do amor no comentário sobre o *Vatsyayana Kama Sutra*, uma cópia feita da biblioteca do rei dos reis, Vishaladeva, que foi um herói poderoso, como se fosse um segundo Arjuna,[1] e principal joia da família Chaulukya."

Sabe-se que esse rei governou em Guzerat de 1244 a 1262 d.C. e que fundou uma cidade chamada Visalnagur.

1. Herói mítico hindu, filho do deus Indra e da princesa Kunti. (N.T.)

A data do comentário, portanto, não deve ser anterior ao século 10 d.C. nem posterior ao século 13 da nossa era. O suposto autor é um certo Fashodhara, nome dado a ele por seu preceptor, Indrapada. Ele parece ter escrito o comentário durante o período de aflição causado pela sua separação de uma mulher inteligente e sagaz. Pelo menos é o que ele próprio diz no final de cada capítulo. Presume-se que batizou a obra com o nome da amante ausente, ou que a palavra tenha alguma relação com o nome dela.

Esse comentário foi bastante útil para explicar o verdadeiro significado do que dizia Vatsyayana, já que seu autor parecia ter um considerável conhecimento da época, oferecendo, em alguns trechos, informações muito detalhadas. Isso não pode ser dito sobre o outro comentário, o *Sutra vritti*, escrito por volta de 1789 d.C., por Narsing Shastri, um pupilo de sarveshwar Shastri. Este último era descendente de Bhaskur, assim como o autor, já que na conclusão de cada uma das partes ele denomina a si próprio Bhaskur Narsing Shastri. Foi indicado a escrever a obra por determinação do sábio Raja Vrijalala, enquanto residia em Benares. No que tange aos méritos do comentário, no entanto, ele não merece grandes louvores. Em muitos casos, ele parece não ter entendido o verdadeiro propósito do autor original e inclusive mudou o texto em muitos trechos para que se adequasse às suas próprias explicações.

Segue-se uma tradução completa da obra original. Foi preparada fielmente de acordo com o texto do manuscrito e é oferecida, sem mais comentários, tal como foi feita.

PARTE I

O Sutra de Vatsyayana

Capítulo 1: Prefácio

Saudação a *Dharma*, *Artha* e *Kama*

No princípio, o Senhor dos Seres criou o homem e a mulher e, na forma de mandamentos escritos em cem mil capítulos, estabeleceu as regras de sua existência a respeito do *Dharma*[2], do *Artha*[3] e do *Kama*[4]. Alguns desses mandamentos, especialmente os que se referem ao *Dharma*, foram escritos por Swayanshur Manu. Os relacionados a *Artha* foram compilados por Brihaspati, e os que se referem ao *Kama* foram expostos por Naudi, o discípulo de Mehadeva, em mil capítulos.

Depois, esses *Kama Sutra* (*Aforismos sobre o amor*), escritos por Naudi em mil capítulos, foram reproduzidos por Shevtaketu, o filho de Uddvalaka, em forma abreviada de quinhentos capítulos, e esse trabalho foi outra vez resumido em 150 capítulos por Babhravya, herdeiro de Punchala (ao sul de Delhi). Esses 150 capítulos foram então agrupados em sete partes assim denominadas:

2. *Dharma* é a aquisição de mérito religioso, e está descrito em detalhes no capítulo 5, vol. III, da *História da Índia*, de Talboys Wheeler, e nos escritos de Asoka. (Notas não creditadas são da autoria de Richard Burton.)

3. *Artha* é a aquisição de riqueza, de propriedade etc.

4. *Kama* é o amor, o prazer e a satisfação sexual. Essas três palavras são mantidas no original, como termos técnicos. Elas também podem ser definidas como virtude, riqueza e prazer. As três são repetidamente mencionadas nas *Leis de Manu*.

1º Sadharana (tópicos gerais).

2º Samprayogika (abraços etc.).

3º Kanya Samprayuktaka (união de machos e fêmeas).

4º Bharyadhikarika (sobre a própria mulher).

5º Paradarika (sobre as mulheres de outros).

6º Vaisika (sobre as cortesãs).

7º Aupamishadika (sobre as artes da sedução, tônicos, remédios etc.).

A sexta parte desse último trabalho foi exposta separadamente por Dattaka a pedido das cortesãs de Pataliputra (Patna). Da mesma forma, Charayana explanou a primeira parte. Cada parte remanescente foi explicada separadamente por:

Suvarnanabha (segunda parte).

Ghotakamukha (terceira parte).

Gonardiya (quarta parte).

Gonikaputra (quinta parte).

Kuchumara (sétima parte).

Já que o trabalho, escrito em partes por diferentes autores, era impossível de ser obtido, e como as partes que haviam sido expostas por Dattaka e pelos outros tratavam apenas dos detalhes particulares de cada assunto – e, além disso, porque o trabalho original de Babhravya era difícil de ser dominado por causa da sua extensão –, Vatsyayana compôs este trabalho num pequeno volume como um resumo de todos os trabalhos dos autores recém-mencionados.

Capítulo 2

Sobre a aquisição de *Dharma*, *Artha* e *Kama*

O homem, cujo ciclo de vida é de cem anos, deve praticar *Dharma*, *Artha* e *Kama* em diferentes momentos e de tal maneira que eles se harmonizem e não se contraponham. Na infância, ele deve adquirir conhecimento; na juventude e na meia-idade, deve preocupar-se com *Artha* e *Kama*; na maturidade, deve praticar *Dharma*, e assim perseguir a obtenção de *Moksha*, ou seja, a libertação para a futura reencarnação. Ou, devido às incertezas da vida, pode praticá-los nos momentos em que a necessidade se impõe. Mas uma regra deve ser observada: ele deve levar a vida de um estudante religioso até que termine a sua formação.

Dharma é a obediência ao mandamento de *Shastra*, ou a Sagrada Escritura dos Hindus, de fazer certas coisas, como a realização de sacrifícios, que geralmente não são feitas porque não pertencem a este mundo e não produzem efeitos visíveis, e de não fazer outras coisas, como comer carne, e que são praticadas porque pertencem a este mundo e têm efeitos visíveis.

Dharma é aprendido no *Shruti* (Sagrada Escritura), e com os seus estudiosos.

Artha é a aquisição das artes, terras, ouro, gado, riquezas, armamento e amigos. É também a proteção do que se adquire e o aumento do que se protege.

Artha deve ser aprendido com os empregados do rei e com mercadores versados na arte do comércio.

Kama é o desfrute de tudo que for apreendido pelos cinco sentidos: da audição, tato, visão, paladar e olfato, ajudados pela mente associada à alma. O principal ingrediente é o contato peculiar entre o órgão sensorial e o seu objeto. A consciência do prazer que emerge desse contato chama-se *Kama*.

Kama deve ser aprendido no *Kama Sutra* (*Aforismos sobre o amor*) e por meio da prática entre os cidadãos.

Quando *Dharma*, *Artha* e *Kama* se juntam, o primeiro é superior ao seguinte, ou seja, *Dharma* é superior a *Artha*, e *Artha* é superior a *Kama*. Há duas exceções a essa regra: o rei sempre deve praticar *Artha* em primeiro lugar, já que a sobrevivência dos homens depende disso, e *Kama* deve ser a principal ocupação das cortesãs, em detrimento de *Artha* e *Dharma*.

Objeção

Alguns eruditos dizem que *Dharma*, por estar relacionado a coisas que não pertencem a este mundo, pode ser abordado de maneira apropriada em um livro. O mesmo ocorre com *Artha*, porque é praticado apenas pela aplicação dos meios adequados, cujo conhecimento só pode ser obtido por meio dos estudos e dos livros. Mas, sendo *Kama* algo praticado até mesmo pela mais incivilizada das criaturas e que é visto em toda parte, não exige nenhum aprendizado.

Resposta

Não é verdade. A relação sexual, por depender do homem e da mulher, requer a aplicação dos meios apropriados, e tais meios devem ser aprendidos no *Kama Shastra*. A falta de uso dos meios apropriados, que nós vemos entre os seres irracionais, é causada pela sua total liberdade, pela indisposição das fêmeas para a relação sexual em certas temporadas e pela ausência de reflexão sobre as suas relações sexuais.

Objeção 2

Os Lokayatikas[5] dizem: as leis religiosas não devem ser seguidas, já que têm como objetivo uma geração futura, e, ao mesmo tempo, é duvidoso se vão frutificar. Que tolo abriria mão do que já possui para dar a outra pessoa? É melhor ter um pombo hoje do que um pavão amanhã, e uma moeda de cobre que temos a certeza de obter é melhor do que uma moeda de ouro cuja posse é duvidosa.

Resposta

Não é verdade.

1º A Sagrada Escritura, que determina a prática do *Dharma*, não admite dúvidas.

2º Sacrifícios como os feitos para destruir inimigos, ou para que chova, produzem frutos.

3º O sol, a lua, as estrelas, os planetas e outros corpos celestes parecem trabalhar intencionalmente para o bem do mundo.

4º A existência do mundo é assegurada pelo cumprimento das regras relativas às quatro classes de homens[6] e aos seus quatro estágios de vida.

---

5. Eles certamente eram materialistas, pois pareciam pensar que é melhor um pássaro na mão do que dois voando.

6. Entre os hindus, as quatro classes de homens são os brâmanes ou sacerdotes, a *Kshutrya* ou guerreiros, a *Vaishya*, ou mercadores e agricultores, e a *Shoodra*, ou criados. Os quatro estágios da vida são a vida de estudante religioso, a vida de chefe de família, a vida de eremita e a vida de *Sunyasi*, ou devoto.

5º Vemos que a semente é lançada ao solo na esperança de que surjam futuros brotos.

Vatsyayana é, portanto, da opinião de que os mandamentos da religião devem ser obedecidos.

Objeção 3

Aqueles que acreditam que o destino é o responsável por todas as coisas dizem: "Não nos devemos empenhar para adquirir riqueza, porque às vezes ela não é alcançada apesar do nosso esforço para obtê-la, enquanto em outros momentos ela vem a nós sozinha, sem nenhum empenho de nossa parte. Tudo está nas mãos do destino, o senhor dos ganhos e das perdas, do sucesso e da derrota, do prazer e da dor. Assim, vemos que Bali[7] subiu ao trono de Indra pelo destino e foi derrubado pelo mesmo poder, o único que pode reintegrá-lo ao trono".

Resposta

Não é correto dizer isso. Como a conquista de cada objetivo, em todos os casos, pressupõe algum esforço por parte do homem, o uso dos meios adequados pode ser considerado a causa da obtenção de todos os nossos fins, e essa aplicação dos meios adequados é, desse modo, necessária (mesmo quando algo está predestinado a acontecer), e quem nada fizer não desfrutará de nenhuma felicidade.

7. Bali foi um demônio que derrotou Indra e conquistou o seu trono, mas que foi posteriormente vencido por Vishnu na sua quinta encarnação.

Objeção 4

Os que são inclinados a pensar que *Artha* é o principal objetivo a ser alcançado argumentam o que segue: Os prazeres não devem ser procurados, porque são obstáculos para a prática de *Dharma* e *Artha*, ambos superiores a eles, e são também desaprovados por pessoas dignas. Os prazeres também levam o homem ao sofrimento e ao contato com pessoas vis. Levam-no a cometer injustiças e tornam-no impuro. Fazem-no ficar indiferente com o futuro e encorajam o descuido e a leviandade. E, por último, levam-no a ser desmoralizado por todos, recebido por ninguém e desprezado pela gente toda, inclusive por ele próprio. É notório, além disso, que muitos homens que se dedicaram somente ao prazer solitário ficaram arruinados junto com as suas famílias e amigos próximos. Assim, o rei Dandakya,[8] da dinastia Bhoja, levou a filha de um brâmane com má intenção e foi arruinado e perdeu seu reino. Também Indra, tendo violado a castidade de Ahalya,[9] pagou por isso. Da mesma maneira, o poderoso Kichaka, que tentou seduzir Draupadi, e Ravana,[10] que tentou conquistar Sita, foram punidos por seus crimes. Estes e muitos outros foram vítimas de seus próprios prazeres.

---

8. Dandakya teria abduzido na floresta a filha de um brâmane, chamada Bhargava, e, amaldiçoado por ele, foi soterrado junto com seu reino sob uma chuva de poeira. Por isso, o lugar foi denominado floresta Dandakya, famoso no poema épico *Ramayana*, mas é agora desconhecido.

9. Ahalya era a mulher do sábio Gantama. Indra induziu-a a crer que ele era Gantama e desfrutou dela. Ele foi amaldiçoado por Gantama e atormentado por mil chagas em seu corpo.

10. A história de Ravana é contada no *Ramayana*, que junto com o Mahabarata é um dos grandes poemas épicos dos hindus. O último foi escrito por Vyasa, e o primeiro, por Valmiki.

Resposta

Essa objeção não pode ser sustentada, já que os prazeres, tão necessários para a existência e para o bem-estar do corpo como o alimento, são por conseguinte, igualmente indispensáveis. Eles são, ainda, os resultados de *Dharma* e *Artha*. Os prazeres devem, portanto, ser desfrutados com moderação e prudência. Ninguém deixa de cozinhar por causa dos mendigos que pedirão comida nem deixa de semear o solo por causa dos cervos que porventura destruam a plantação.

Assim, o homem que pratica *Dharma*, *Artha* e *Kama* desfruta da felicidade tanto neste mundo quanto no mundo que virá. Os bons praticam ações cujos resultados não lhe inspiram temor quanto ao outro mundo nem colocam em perigo o seu bem-estar. Toda ação que conduza para a prática conjunta de *Dharma*, *Artha* e *Kama*, ou de dois deles, ou mesmo de somente um, deve ser realizada, mas uma ação que conduza à prática de um em detrimento dos outros dois não deve ser realizada.

Capítulo 3

Sobre as artes e ciências a serem estudadas

O homem deve estudar o *Kama Sutra* e as artes e ciências subordinadas a ele, além das artes e ciências contidas em *Dharma* e *Artha.* Mesmo as moças devem estudar este *Kama Sutra* junto com as suas artes e ciências antes do casamento e, depois, elas devem continuar a fazê-lo, com o consentimento de seus maridos.

Neste ponto, alguns eruditos intervêm, afirmando que as mulheres, às quais não é permitido estudar nenhuma ciência, não devem estudar o *Kama Sutra.*

Mas Vatsyayana é de opinião de que essa objeção não procede, já que as mulheres já conhecem a prática do *Kama Sutra* e que essa prática se deriva do *Kama Shastra,* ou da ciência de *Kama* em si. Além disso, não é só nesse caso, mas em muitos outros, em que, embora a prática de uma ciência seja conhecida de todos, somente algumas pessoas conhecem as regras e leis na qual tal ciência se baseia. Assim, os *Yadnikas,* ou sacrificadores, apesar de ignorarem a gramática, usam as palavras apropriadas quando se dirigem às distintas Divindades, mesmo não sabendo de onde essas palavras se originam. Mais ainda, as pessoas cumprem os deveres esperados delas em dias auspiciosos, fixados pela astrologia, embora não conheçam essa ciência. Da mesma forma, o condutor de um cavalo ou elefante adestra esses animais sem conhecer a ciência do adestramento, somente na prática. É assim também que as pessoas das mais distantes províncias obedecem às leis do reino pela prática e porque há um rei, sem nenhuma razão adicional.[11] E, pela experiência, descobrimos que algumas mulheres, como as filhas de príncipes e seus ministros, e cortesãs são realmente versadas no *Kama Shastra.*

Uma mulher, portanto, deve aprender o *Kama Shastra,* ou pelo menos uma parte dele, estudando com alguma amiga de confiança. Deve estudar sozinha, privadamente, as 64 práticas que formam uma parte do *Kama Shastra.* Sua professora pode ser uma das seguintes pessoas: a filha de uma ama que tenha crescido com ela e seja casada,[12] ou uma amiga de inteira confiança, ou uma irmã de sua mãe (ou seja, sua tia), ou uma velha criada, ou uma mendiga que tenha vivido no seio de sua família, ou sua própria irmã, em quem sempre se pode confiar.

As artes a serem estudadas são as seguintes, junto com o *Kama Sutra*:

1. Canto.
2. Instrumentos musicais.
3. Dança.
4. União de dança, canto e uso de instrumentos musicais.
5. Escrita e desenho.
6. Tatuagem.
7. Preparação e adorno de um ídolo com arroz e flores.
8. Disposição e arranjo de flores em canteiros ou no chão.
9. Tingimento de dentes, trajes, cabelos, unhas e corpos, ou seja, descolorir, tingir, colorir e pintar.

---

11. O autor tenta provar que a maioria das coisas é feita pela prática e pelo costume, sem que as pessoas estejam instruídas sobre suas razões, ou sobre as leis nas quais elas se baseiam, o que é uma verdade.

12. A condição de casada aplica-se a todas as professoras.

10. Colar vidros coloridos no piso.

11. A arte de arrumar camas e distribuir tapetes e almofadas para repouso.

12. Tocar música em vidros cheios de água.

13. Armazenar e acumular água em aquedutos, cisternas e reservatórios.

14. Execução de pinturas, ornamentos e decoração.

15. Elaboração de rosários, colares, guirlandas e coroas.

16. Preparação de turbantes e grinaldas e arranjo de penachos e topetes de flores.

17. Representação cênica. Apresentação em palco.

18. Arte de fazer adereços para as orelhas.

19. Arte de preparar perfumes e odores.

20. Disposição apropriada de joias e adornos na vestimenta.

21. Magia ou feitiçaria.

22. Rapidez e habilidade das mãos.

23. Arte culinária.

24. Elaboração de limonadas, sorvetes, bebidas ácidas e extratos alcoólicos com sabores e cores apropriados.

25. Alfaiataria e costura.

26. Uso de fios ou cordas para a fabricação de papagaios, flores, penachos, borlas, ramalhetes, corcovas e botões.

27. Solução de charadas, enigmas, discursos subliminares, jogos de palavras e questões enigmáticas.

28. Um jogo que consiste em repetir versos e, quando uma pessoa termina, outra pessoa tem que começar imediatamente, repetindo outro verso que comece com a mesma letra com que termina o verso do último jogador. Quem falhar é considerado o perdedor e deve pagar uma prenda ou aposta.

29. Arte da mímica e da imitação.

30. Leitura, incluindo declamação e entonação.

31. Estudo de sentenças difíceis de pronunciar. É um jogo praticado sobretudo por mulheres e crianças que consiste na enunciação de uma frase difícil que deve ser repetida rapidamente, o que costuma causar troca de palavras ou erro de pronúncia.

32. Exercício com espada, bastão, vara e arco e flecha.

33. Raciocinar, deduzir e inferir.

34. Carpintaria.

35. Arquitetura, ou a arte da construção.

36. Conhecimento sobre moedas de ouro e prata e sobre joias e pedras preciosas.

37. Química e mineralogia.

38. Tingimento de joias, pedras preciosas e contas.

39. Conhecimento de minas e pedreiras.

40. Jardinagem. Tratamento de doenças em árvores e plantas, conhecimento sobre o seu cultivo e determinação da sua idade.

41. Arte de briga de galos, codornas e carneiros.

42. Arte de ensinar papagaios e estorninhos a falar.

43. Arte de aplicar pomadas perfumadas no corpo e de aplicar unguentos e perfumes no cabelo e trançá-lo.

44. Arte de decifrar códigos e de codificar palavras.

45. Arte de falar modificando as palavras. Pode ser de vários tipos. Alguns falam mudando o começo e o fim das palavras, outros adicionando letras desnecessárias entre cada uma das sílabas, e assim por diante.

46. Conhecimento de línguas e dos dialetos vernaculares.

47. Arte de fazer arranjos florais.

48. Arte de elaborar diagramas místicos, de lançar encantamentos e feitiços e de amarrar braceletes.

49. Exercícios mentais, como completar estrofes ou versos ao ouvir uma parte deles, ou recitar uma, duas ou três linhas quando as seguintes são dadas de modo aleatório, a partir de diferentes versos, de modo a completar uma estrofe inteira no que tange a seu sentido. Ou ordenar as palavras de um verso escritas incorretamente, separando as vogais das consoantes ou eliminando-as por completo. Ou colocar em verso ou prosa sentenças representadas por signos ou símbolos. Há muitos outros exercícios dessa natureza.

50. Composição de poemas.

51. Conhecimento de dicionários e vocabulários.

52. Conhecimento de estratégias para mudar e disfarçar a aparência das pessoas.

53. Conhecimento da arte de mudar a aparência das coisas, como, por exemplo, fazer o algodão parecer seda e coisas grosseiras e vulgares parecerem bonitas e boas.

54. Vários jogos de azar.

55. Arte de tomar posse da propriedade de outros por meio de nuntras e encantamentos.

56. Habilidade para esportes típicos da juventude.

57. Conhecimento das regras da sociedade e sobre como demonstrar respeito e elogiar os outros.

58. Conhecimento da arte da guerra, de armas, de exércitos etc.

59. Conhecimento de ginástica.

60. Arte de conhecer o caráter de um homem pelos seus traços.

61. Conhecimento da métrica e da composição de versos.

62. Recreações aritméticas.

63. Fabricação de flores artificiais.

64. Fabricação de estátuas e imagens em argila.

A cortesã, imbuída de uma boa disposição, beleza e outras destacadas qualidades, e também versada nas artes listadas, recebe o nome de *Ganika*, ou mulher pública de alta categoria, e merece um lugar de honra em uma reunião masculina. Ela é, além disso, sempre respeitada pelo rei e honrada pelos homens instruídos e, como os seus favores são desejados por todos, ela transforma-se em um objeto de cobiça universal. A filha de um rei, assim como a filha de um ministro, sendo instruída nas artes descritas, pode fazer com que seu marido considere-a favorita, mesmo que tenha milhares de outras esposas além dela. E, da mesma forma, se uma mulher se separa de seu marido e cai em desgraça, ela pode sustentar-se facilmente, mesmo em um país estrangeiro, por conhecer essas artes. Mesmo o conhecimento superficial dessas artes torna uma mulher atraente, ainda que a prática delas só seja possível de acordo com as circunstâncias de cada caso. Um homem versado nessas artes, que é loquaz e domina as artes do galanteio, conquista muito rapidamente os corações das mulheres, mesmo que ele apenas tenha travado relações com elas há pouco tempo.

Capítulo 4

A vida de um cidadão[13]

Um homem, tendo adquirido conhecimento e com a riqueza que possa ter ganho por presente, conquista, compra, depósito[14] ou herança de seus ancestrais, deve tornar-se um chefe de família e assumir a vida de cidadão. Deve ter uma casa em uma cidade ou vilarejo grande, ou na vizinhança de homens de bem, ou em um local frequentado por muitas pessoas. Sua residência deve estar próxima à água e deve ser dividida em vários aposentos para diferentes fins. Deve estar rodeada por um jardim e possuir dois quartos, um externo e um interno. O interno deve ser ocupado pelas mulheres, enquanto o externo, perfumado com ricos odores, deve ter uma cama macia e de aparência agradável, coberta com lençol branco, baixa na parte central, tendo sobre ela guirlandas e ramalhetes de flores[15] e um dossel e dois travesseiros, um na cabeceira e outro nos pés. Deve haver também uma espécie de divã e, na ponta dele, um banco onde devem ser dispostos os óleos perfumados para a noite, assim como flores, potes contendo colírios e outras substâncias aromatizadas, perfumes para a boca e cascas de cidreira. Próximo ao

13. Esse termo parece aplicar-se de maneira geral a qualquer habitante do Hindustão. Não se restringe apenas ao morador de uma cidade, como *urbanus* se apõe a *rusticus* no latim.

14. O presente é específico dos brâmanes; a conquista, dos Kshatrya; enquanto a compra, o depósito e outros meios de adquirir riqueza se referem aos Vaishya.

15. Flores naturais do jardim.

divã, no chão, deve haver uma escarradeira, uma caixa com ornamentos e também um alaúde pendente de um gancho feito com um dente de elefante, um quadro para desenhar, um pote contendo perfume, alguns livros e algumas guirlandas de amarantos amarelos. Não muito longe do divã, e dispostos no chão, deve haver um banco redondo, um pequeno armário e um tabuleiro para jogar dados. Do lado de fora do quarto deve haver gaiolas de pássaros[16] e um local reservado para fiação, escultura e outras distrações do gênero. No jardim deve haver um balanço giratório e um balanço comum, e também uma pérgula com trepadeiras cobertas de flores, na qual deve ser instalado um local elevado para sentar.

O chefe da família, após levantar-se pela manhã e cumprir seus deveres,[17] deve lavar os dentes, aplicar uma quantidade limitada de cremes e perfumes, colocar alguns adornos em seu corpo e colírio nas pálpebras e sob os olhos, colorir os lábios com *alacktaka*[18] e olhar-se no espelho. Tendo mascado folhas de bétele,[19] junto com outras coisas que perfumam a boca, ele deve dedicar-se a seus assuntos costumeiros. Ele deve banhar-se diariamente, untar seu corpo com óleo em dias alternados, aplicar em seu corpo uma substância que produza espuma[20] a cada três dias e barbear a cabeça (incluindo o rosto) a cada quatro dias e outras partes do corpo a cada cinco ou dez dias.[21] Todas essas coisas devem ser realizadas sem falta, e

16. Como codornas, perdizes, papagaios, estorninhos etc.

17. As necessidades fisiológicas são sempre satisfeitas pelos hindus na primeira hora da manhã.

18. Um corante feito com laca. [Secreção resinosa do inseto *Laccifer Laca*, depositada em árvores em várias regiões da Ásia. (N.T.)

19. Planta aromática originária da Índia. (N.T.)

20. Substâncias agiam como sabonete, que não era conhecido até o domínio dos muçulmanos.

21. O intervalo de dez dias é permitido quando os pelos são removidos com pinças.

o suor das axilas também deve ser removido. As refeições devem ser feitas pela manhã, à tarde e novamente à noite, de acordo com Charayana. Depois do café da manhã, papagaios e outros pássaros devem ser ensinados a falar, o que deve ser seguido por brigas de galos, codornas e carneiros. Um curto período deve ser dedicado a distrações com Pithamardas, Vitas e Vidushakas,[22] e então deve-se fazer a sesta.[23] Depois disso, o chefe da família, tendo vestido suas roupas e ornamentos, deve, durante a tarde, conversar com seus amigos. À noite deve haver canto, e, depois disso, o chefe da família, com seu amigo, deve esperar no quarto, previamente decorado e perfumado, pela chegada da mulher ligada a ele, ou deve enviar uma mensageira para buscá-la, ou ir ele próprio até ela. Chegando a sua casa, ele e o amigo devem dar a ela as boas-vindas e entretê-la com uma conversa amena e agradável. Assim terminam os deveres do dia.

As atividades ocasionais para diversão ou entretenimento são as seguintes:

1. Promover festivais[24] em honra a divindades.
2. Reuniões sociais de ambos os sexos.
3. Festas para beber.
4. Piqueniques.
5. Outros divertimentos sociais.

Festivais

Em alguns dias particularmente favoráveis, uma assembleia de cidadãos pode reunir-se no templo de

---

22. Personagens geralmente incluídos nos dramas hindus. Suas características serão explicadas mais adiante.

23. O sono diurno só é permitido no verão, quando as noites são curtas.

24. Tais festivais são comuns em todas as partes da Índia.

Saraswati.[25] Lá, deve ser testado o talento dos cantores e de outros que tenham recentemente chegado à cidade; no dia seguinte, eles devem receber prêmios. Depois disso, de acordo com o quanto as suas performances agradaram ou não à assembleia, eles podem ser requisitados a ficar ou dispensados. Os membros da assembleia podem agir de comum acordo tanto em tempos de crise quanto em tempos de prosperidade, e é também dever desses cidadãos demonstrar hospitalidade a estrangeiros que compareçam à reunião. Isso deve ser aplicado a todos os outros festivais que sejam promovidos em honra dos deuses.

Reuniões sociais

Quando homens da mesma idade, disposição e talentos, apreciadores dos mesmos divertimentos e com a mesma educação sentam-se juntos em companhia de cortesãs,[26] ou numa assembleia de cidadãos ou na resi-

25. Na *Asiatic miscellany*, e nos trabalhos de sir W. Jones, encontra-se um ardoroso hino a essa deusa, adorada como a protetora das belas-artes, especialmente a música e a retórica, e como a inventora do sânscrito etc. Ela é a deusa da harmonia, da eloquência e da linguagem e é de certa forma análoga a Minerva. Para mais informações sobre ela, consultar a obra *Hindoo pantheon*, de Edward Moor.

26. As mulheres públicas, ou cortesãs (*Vesya*), que viviam entre os primeiros hindus foram muitas vezes comparadas às *heteras* dos gregos. O tema é tratado com alguma profundidade no *Select specimens of the theatre of the Hindoos*, de H. H. Wilson, em dois volumes, Trubner & Co., 1871. Deve-se considerar que a cortesã era um dos elementos, e bastante importante, dos primeiros tempos da sociedade hindu, e que a sua educação e intelecto eram superiores aos das outras mulheres. Wilson diz: "Nas *Vesya* ou cortesãs, nós não devemos ver uma mulher que desobedeceu às leis ou aos princípios da virtude, mas um personagem cultivado por uma etiqueta que não via com bons olhos a admissão de mulheres casadas à sociedade, e que só se abria, à custa da reputação, a mulheres que recebiam treinamento pessoal e mental para adquirir habilidades que eram desconhecidas pelas mulheres casadas".

dência de um deles, e entretêm-se em uma agradável conversa, ocorre uma reunião social. Os temas das conversas devem ser: completar versos compostos pela metade pelos outros e o teste mútuo de habilidades em várias artes. As mulheres mais bonitas e cativantes que gostem das mesmas coisas que os homens serão homenageadas.

Festas para beber

Homens e mulheres devem beber nas casas uns dos outros. Em tais ocasiões, os homens devem induzir as cortesãs a beber e também devem tomar, eles próprios, bebidas como Madhu, Aireya, Sara e Asawa, que têm gosto amargo e azedo, e também coquetéis elaborados com cascas de várias árvores, frutos silvestres e folhas.

Passeios a jardins ou piqueniques

Pela manhã, os homens, tendo-se vestido, devem passear pelos jardins a cavalo, acompanhados por cortesãs e seguidos por criados. E, tendo cumprido lá os deveres do dia e passado o tempo com várias distrações agradáveis como as brigas de galos, codornas e carneiros e outros espetáculos, devem voltar para casa à tarde da mesma maneira, trazendo ramalhetes de flores etc.

O mesmo se aplica, no verão, a banhos em águas livres de animais venenosos ou perigosos e que tenham sido represadas.

Outros divertimentos sociais

Passar as noites jogando dados. Sair em noites enluaradas. Comemorar a chegada da primavera. Arrancar os brotos e os frutos das mangueiras. Comer as fibras do lótus. Comer espigas tenras do milho. Fazer piqueniques nas florestas quando as árvores renovam suas folhagens. *Udakakshvedika*, ou seja, esportes na água. Decorar um ao outro com folhas de algumas árvores. Jogar flores da árvore Kadamba uns nos outros, e praticar muitos outros esportes que podem tanto ser conhecidos em todo o país ou característicos de algumas partes. Tais divertimentos e outros similares podem sempre ser desfrutados pelos cidadãos.

Os divertimentos citados devem ser praticados por uma pessoa sozinha em companhia de uma cortesã, assim como por uma cortesã em companhia de suas criadas ou de cidadãos.

Um Pithamarda[27] é um homem sem riqueza, sozinho no mundo, que vem de uma boa província e que é habilidoso em todas as artes e cuja única propriedade é o seu Mallika,[28] uma substância que fabrique espuma e um pano vermelho. Por ensinar essas artes, ele é recebido entre os cidadãos e nas casas das cortesãs.

O Vita[29] é um homem que desfrutou dos prazeres da fortuna, que é compatriota dos cidadãos com quem se reúne, que tem as qualidades de um chefe de família, que mantém sua esposa com ele e que é honrado na assembleia de cidadãos e nas residências das cortesãs, sendo sustentado por eles.

---

27. De acordo com esta descrição, o Pithamarda é uma espécie de professor de todas as artes e, como tal, é recebido como amigo e confidente dos cidadãos.

28. Um banco em forma de T.

29. O Vita representa de alguma forma o personagem do parasita na comédia grega. É possível que ele fosse mantido perto dos ricos, e usado como uma espécie de instrutor privado, assim como companhia de entretenimento.

Um Vidushaka[30] (também chamado de Vaihasaka, ou seja, o que provoca riso) é uma pessoa que conhece somente poucas artes, é um bobo da corte e goza da confiança de todos.

Essas pessoas são usadas em casos de desentendimentos e reconciliações entre cidadãos e cortesãs.

Essa observação aplica-se também às mendigas, a mulheres com a cabeça raspada, às adúlteras e a velhas cortesãs versadas em todas as artes.

Assim, um cidadão vivendo em sua cidade ou vila, respeitado por todos, deve visitar pessoas de sua própria casta que mereçam ser frequentadas. Ele deve ter companhia para conversar, e agradar aos amigos com a sua presença e ser gentil com outros ao auxiliá-los de várias maneiras, além de motivar que eles se ajudem mutuamente da mesma forma.

Há alguns versos sobre esse tema, que são os seguintes:

"Um cidadão, ao discursar em grupo sobre os vários tópicos, não somente em sânscrito nem nos dialetos do país, obtém grande respeito. Os sábios não devem juntar-se a um grupo que não seja apreciado pelo público, que não seja provido de regras e que tenha o objetivo de destruir outras pessoas. Mas o homem culto vivendo numa

---

30. Vidushaka é evidentemente o bufão e bobo da corte. A respeito dele, Wilson diz que é o companheiro pobre, não o criado, de um príncipe ou homem de posição, e é uma peculiaridade curiosa o fato de que seja sempre um brâmane. Ele talvez guarde mais afinidade com Sancho Pança do que com qualquer outro personagem da ficção ocidental, sendo parecido com ele na sua combinação de sagacidade e simplicidade, na sua fraqueza pela boa vida e no seu amor pelo que é fácil. Nos enredos de intriga ele exibe alguns dos talentos de Mercúrio, mas com menos atividade e ingenuidade, e às vezes sofre por causa de sua interferência. De acordo com as definições técnicas de seus atributos, ele deve estimular a alegria sendo ridículo no modo de ser, na idade e na vestimenta.

comunidade que se comporta de acordo com os desejos de seus membros e que tem o prazer como o seu único objetivo é altamente respeitado neste mundo[31]".

31. Presume-se que isso significa que o cidadão deve estar familiarizado com várias línguas. A parte do meio desse parágrafo pode dirigir-se aos niilistas e fenianos de então ou a sociedades secretas. Talvez fosse uma referência aos *Thugs* [seita indiana surgida no século XIII, considerada por muitos como a primeira máfia. N.E.].

Capítulo 5

Sobre os tipos de mulheres a que recorrem os cidadãos, e tipos de amigos e mensageiros

Quando o *Kama* é praticado por homens das quatro castas obedecendo às regras da Sagrada Escritura (ou seja, dentro de um casamento legal) com virgens da sua própria casta, constitui-se um meio de adquirir progênie legítima e boa reputação, o que não se contrapõe às regras do mundo. No entanto, a prática do *Kama* com mulheres de castas superiores e com aquelas previamente desfrutadas por outros, mesmo que sejam da mesma casta, é proibida. Mas a prática do *Kama* com mulheres de castas inferiores, com mulheres exiladas de suas próprias castas, com cortesãs e com mulheres casadas pela segunda vez[32] não é nem imposta nem proibida. O objetivo da prática de *Kama* com essas mulheres é apenas o prazer.

As *Nayikas*[33] são de três tipos: virgens, mulheres casadas pela segunda vez e cortesãs. Gonikaputra é da

---

32. Esse termo não se aplica a uma viúva, mas a uma mulher que provavelmente deixou o marido e está vivendo com outra pessoa na condição de casada, ou *maritalement*, como dizem na França.

33. Qualquer mulher com quem é possível relacionar-se sem cometer pecado. O objetivo do sexo com as mulheres é duplo: prazer e progênie. Qualquer mulher que possa ser apreciada sem pecado para atingir um desses objetivos é a *Nayika*. O quarto tipo de *Nayika* que Vatsya admite a seguir é aquela com quem não se pretende obter prazer ou progênie, mas somente para atingir algum propósito específico. A palavra *Nayika* é sempre usada como um termo técnico.

opinião de que existe um quarto tipo de *Nayika*: a mulher à qual se recorre em uma ocasião especial mesmo sendo ela casada com outro homem. Essas ocasiões especiais ocorrem quando um homem pensa o seguinte:

a. Essa mulher tem vontade própria, e foi apreciada por muitos outros antes de mim. Posso recorrer a ela em segurança como se fosse uma cortesã, mesmo que ela pertença a uma casta superior à minha, e fazendo isso não estarei violando as leis de *Dharma*.

Ou:

b. Essa é uma mulher casada pela segunda vez e foi apreciada por outros antes de mim, e não há, portanto, nenhuma objeção a que eu recorra a ela.

Ou:

c. Essa mulher ganhou o coração de seu grande e poderoso marido e exerce poder sobre ele, que é amigo de meu inimigo. Portanto, se ela se unir a mim, fará com que o marido abandone meu inimigo.

Ou:

d. Essa mulher vai mudar a opinião do seu marido, que é muito poderoso, a meu favor, considerando que ele não gosta de mim e pretende me fazer algum mal.

Ou:

e. Fazendo dessa mulher uma amiga, atingirei o objetivo de um amigo meu, ou poderei causar a ruína de um inimigo, ou conquistarei algum outro propósito difícil.

Ou:

f. Ao unir-me com essa mulher, poderei matar seu marido e apossar-me de suas vastas riquezas, que cobiço.

Ou:

g. A união dessa mulher comigo não gera nenhum perigo e me trará riqueza, a qual, considerando a minha pobreza e incapacidade de sustentar-me, é muito necessária.

Conseguirei, portanto, obter a sua vasta fortuna sem nenhuma dificuldade.

Ou:

h. Essa mulher me ama ardentemente e conhece todos os meus pontos fracos. Se eu me recusar a estar com ela, tornará públicos os meus erros, e, dessa forma, maculará o meu caráter e a minha reputação. Ou, então, ela apresentará alguma séria acusação contra mim, da qual será difícil livrar-me, e isso me arruinará. Ou então, talvez, ela afaste de mim o seu marido, que é poderoso e está sob o seu controle, e o una a meu inimigo, ou vá ela própria juntar-se a ele.

Ou:

i. O marido dessa mulher violou a castidade de minhas esposas, e eu devo devolver a injúria seduzindo as dele.

Ou:

j. Com a ajuda dessa mulher eu matarei um inimigo do rei que está sob o seu abrigo e que, por ordem do rei, devo destruir.

Ou:

k. A mulher que amo está sob o controle dessa mulher. Por intermédio da última, eu poderei chegar à primeira.

Ou:

l. Essa mulher me levará a uma donzela que possui riqueza e beleza, mas que é inalcançável e está sob o controle de outra pessoa.

Ou:

m. Meu inimigo é amigo do marido dessa mulher, e devo fazer com que ela se aproxime dele, o que vai criar inimizade entre ele e o marido dela.

Por essas razões e outras similares, as mulheres de outros homens podem ser apreciadas, mas é preciso entender claramente que isso só é permitido por razões especiais, e não somente por desejo carnal.

Charayana diz que, sob essas circunstâncias, há também um quinto tipo de *Nayika*: a mulher que é mantida por um ministro, ou que se junta às vezes a ele, ou uma viúva que ajuda o homem a atingir um objetivo junto a uma pessoa com quem ela se relaciona.

Suvarnanabha acrescenta que uma mulher que leva vida de asceta e é viúva pode ser considerada um sexto tipo de *Nayika*.

Ghotakamukha diz que a filha de uma cortesã e uma criada que sejam ainda virgens constituem um sétimo tipo de *Nayika*.

Gonardiya defende a doutrina de que qualquer mulher nascida de boa família, depois que atinge uma certa idade, pertence a um oitavo tipo de *Nayika*.

Mas esses quatro últimos tipos de *Nayika* não diferem muito dos quatro primeiros, já que não há nenhuma objeção específica à união com elas. Por isso, Vatsyayana é da opinião de que há somente quatro tipos de *Nayikas*, ou seja, a virgem, a mulher casada pela segunda vez, a cortesã e a mulher a quem se recorre por uma razão específica.

As mulheres listadas a seguir não devem ser desfrutadas:

A leprosa.
A louca.
A expulsa de sua casta.
A que revela segredos.
A que revela publicamente o desejo pelo ato sexual.
A extremamente branca.
A extremamente negra.
A que cheira mal.
A parente próxima.

A que seja também uma amiga.

A que leva a vida de asceta.

A esposa de um conhecido, de um amigo, de um brâmane sábio e do rei.

Os seguidores de Babhravya dizem que qualquer mulher que tenha sido desfrutada por cinco homens é adequada para ser apreciada. Mas Gonikaputra é da opinião de que, mesmo nesse caso, as esposas de um conhecido, de um brâmane sábio e do rei devem ser excluídas.

Os tipos de amigos são os seguintes:

Aquele que brincou com você na poeira, ou seja, na infância.

Aquele que está ligado a você por um compromisso.

Aquele que partilha a mesma disposição e tem apreço pelas mesmas coisas.

O colega de estudo.

O que conhece seus segredos e erros e cujos segredos e erros são também conhecidos por você.

O filho de sua ama-seca.

O amigo hereditário.

Esses amigos devem possuir as seguintes qualidades:

Devem dizer a verdade.

Não devem mudar com o tempo.

Devem ser favoráveis aos seus objetivos.

Devem ser firmes.

Devem ser livres de cobiça.

Não devem ser capazes de vender-se a outros.

Não devem revelar os seus segredos.

Charayana diz que os cidadãos formam laços de amizade com os lavadeiros, os barbeiros, pastores, floristas, farmacêuticos, vendedores de folhas de bétele, taverneiros, mendigos, Pithamardas, Vitas e Vidushakas, e também com as mulheres dessas pessoas.

Um mensageiro deve possuir as seguintes qualidades:

Habilidade.
Coragem.
Conhecimento das intenções dos homens pelos sinais emitidos.
Ausência de embaraço, ou seja, não deve ser tímido.
Conhecimento do exato significado do que os outros dizem ou fazem.
Boas maneiras.
Conhecimento dos momentos e locais apropriados a afazeres distintos.
Ingenuidade nos negócios.
Compreensão rápida.
Rapidez na solução de problemas, ou seja, aplicação de recursos de maneira rápida e pronta.

Esta parte termina com um verso:

O homem talentoso e sábio que conta com um amigo e conhece as intenções dos outros e o momento e o local apropriado para cada afazer pode conquistar com muita facilidade até mesmo a mulher mais difícil de ser conquistada.

Fim da Parte I

PARTE II

Sobre a união sexual

Capítulo 1

Tipos de união sexual de acordo com (a) dimensões, (b) força do desejo e da paixão e (c) tempo

Tipos de união

Os homens dividem-se em três tipos: o homem-lebre, o homem-touro e o homem-cavalo, de acordo com o tamanho do seu *lingam*[34].

As mulheres dividem-se, de acordo com a profundidade de sua *yoni*[35], em corça, égua e elefanta.

Assim, há três tipos de uniões iguais entre pessoas de dimensões iguais, e há seis uniões desiguais, quando as dimensões não correspondem. São, ao todo, nove, como mostra a seguinte tabela:

Iguais		Desiguais	
Homens	Mulheres	Homens	Mulheres
Lebre	Corça	Lebre	Égua
Touro	Égua	Lebre	Elefanta
Cavalo	Elefanta	Touro	Corça
		Touro	Elefanta
		Cavalo	Corça
		Cavalo	Égua

34. *Pênis*, no original, em sânscrito. (N.T.)

35. Órgão sexual feminino, no original, em sânscrito. (N.T.)

Em uniões desiguais, quando o tamanho do homem é maior do que o da mulher, a união com uma mulher cujo tamanho está imediatamente abaixo é chamada união alta, sendo de dois tipos. A união desse homem com a mulher mais distante dele em tamanho é chamada de união elevada, sendo de um só tipo. Por outro lado, quando a mulher excede o homem em tamanho, a sua união com um homem cujo tamanho é imediatamente inferior ao dela é chamada de união baixa, sendo de dois tipos. A sua união com o homem mais distante dela em tamanho é chamada de união baixíssima, sendo de um só tipo.

Em outras palavras: o cavalo e a égua e o touro e a corça formam uma união alta, enquanto o cavalo e a corça formam uma união elevada. No que diz respeito à mulher, a elefanta e o touro e a égua e a lebre formam uniões baixas, enquanto a elefanta e a lebre formam uniões baixíssimas.

Há, portanto, nove tipos de união de acordo com as dimensões. Dentre elas, as melhores são as uniões iguais. As de grau superlativo, ou seja, as elevadas e as baixíssimas, são as piores. As restantes são medianas e é preferível que sejam altas do que baixas[36].

Há também nove tipos de união de acordo com a força da paixão ou do desejo carnal, como segue:

Homens	Mulheres	Homens	Mulheres
Pequena	Pequena	Pequena	Média
Média	Média	Pequena	Intensa
Intensa	Intensa	Média	Pequena
		Média	Intensa
		Intensa	Pequena
		Intensa	Média

36. As uniões altas são consideradas melhores que as baixas, já que nas primeiras é possível para o homem satisfazer a própria paixão sem machucar a fêmea, ao passo que, nas últimas, torna-se difícil para a mulher satisfazer-se de qualquer modo.

Diz-se que um homem é de pequena paixão quando o seu desejo no momento da união sexual não é grande, cujo sêmen é escasso e que não consegue tolerar os abraços ardentes da mulher.

Os que têm temperamento diferente desse são chamados de homem de média paixão, enquanto os homens de paixão intensa são cheios de desejo.

Da mesma forma, as mulheres devem demonstrar esses três graus de sensações.

Por último, há três tipos de homens e de mulheres de acordo com o tempo, ou seja, os de tempo curto, os de tempo moderado e os de tempo longo. Como nas divisões anteriores, há também nove tipos de união.

No entanto, nesse último tema há uma discordância de opiniões sobre a mulher que deve ser explicada.

Uddalaka diz: "Mulheres não ejaculam como os homens. Os homens simplesmente se livram do desejo, ao passo que as mulheres, por sua consciência do desejo, sentem um tipo de prazer que lhes dá satisfação, mas é impossível para elas dizer que tipo de prazer sentem. O fato que torna isso evidente é que os homens, quando praticam o coito, param depois de ejacular e estão satisfeitos, o que não ocorre com as mulheres".

Essa opinião é, no entanto, contra-argumentada pelo fato de que, se um homem é de tempo longo, a mulher o amará mais, mas, se ele for de tempo curto, ela ficará insatisfeita com ele. E tal circunstância, dizem alguns, provaria que a mulher também ejacula.

Contudo, essa opinião não se sustenta, já que, se o homem demora um longo tempo para satisfazer o desejo de uma mulher e durante esse tempo ela está desfrutando de grande prazer, é natural que ela anseie pela sua continuação. Sobre esse tema há um verso que diz:

"Pela união com homens, a luxúria, o desejo ou a paixão de uma mulher são satisfeitos, e o prazer derivado da consciência do desejo é chamado de satisfação".

Os seguidores de Babhravya, no entanto, dizem que o sêmen das mulheres continua a ser derramado do início ao fim da união sexual, e está certo que seja assim, já que, se elas não possuíssem sêmen, não haveria embrião.

A isso há uma objeção. No começo do coito a paixão da mulher é mediana, e ela não consegue suportar as vigorosas arremetidas do seu amante, mas a paixão dela vai aumentando gradativamente até que ela deixa de pensar no seu corpo e então, finalmente, deseja parar a cópula.

Essa objeção, no entanto, não se sustenta, já que mesmo coisas comuns que giram com força, como o torno de um ceramista ou um pião, começam devagar e ganham mais rapidez gradativamente. Assim, quando a paixão da mulher aumenta gradualmente, o desejo de terminar o coito sobrevém quando todo o sêmen foi derramado. Há um verso que diz o seguinte a respeito disso:

"O sêmen do homem é derramado somente no fim do coito, enquanto o sêmen da mulher é derramado continuamente; depois que o sêmen de ambos se esgota, eles desejam o fim do coito".[37]

Por último, a opinião de Vatsyayana é de que o sêmen da mulher é derramado da mesma forma que o do homem.

Alguns poderiam perguntar: se homens e mulheres são seres da mesma espécie e estão tentando atingir

---

37. A força da paixão das mulheres varia muito. Algumas são facilmente satisfeitas, outras ficam ávidas e desejosas de continuar por um longo tempo. Para satisfazer completamente a essas últimas, o homem deve recorrer à arte. É certo que um fluido corre da mulher em maior ou menor quantidade, mas a sua satisfação não está completa antes que ela atinja o *spasme génêsique*, como foi descrito num trabalho francês recentemente publicado e chamado *Breviare de l'Amour Experimental par le Dr. Jules Guyot.*

o mesmo objetivo, por que teriam diferentes papéis a desempenhar?

Vatsya diz que isso ocorre porque a ação e a consciência do prazer são diferentes em homens e mulheres. A diferença na ação, na qual os homens são os seres ativos e as mulheres são os seres passivos, deve-se à natureza do homem e da mulher. Se não fosse assim, os ativos seriam em algumas ocasiões passivos, e vice-versa. E a essa diferença segue a diferença na consciência do prazer, já que um homem pensa: "Esta mulher está unida a mim". E a mulher pensa: "Estou unida a este homem".

Pode-se dizer que, se a maneira de agir de homens e mulheres é diferente, não há motivo para não haver uma diferença tanto no prazer que eles sentem quanto no resultado dos seus atos.

Porém, essa objeção não tem fundamento, já que há uma razão para a diferença na ação da pessoa ativa e da pessoa passiva, mas não há razão para nenhuma diferença no prazer que eles sentem, porque ambos naturalmente extraem prazer do ato que realizam.[38]

Novamente, alguns podem dizer que, quando pessoas distintas se unem para realizar um mesmo trabalho, elas chegam ao mesmo fim ou propósito, ao passo que, ao contrário, no caso de homens e mulheres, vemos que cada um deles atinge os seus próprios objetivos separadamente,

---

38. Esse é um discurso muito comum entre os autores em sânscrito, tanto quando escrevem quanto quando conversam socialmente. Eles fazem certas afirmações e depois argumentam a favor e contra elas. O que se presume que o autor queira dizer é que, embora tanto homens quanto mulheres obtenham prazer do coito, as maneiras como ele é produzido são diferentes, com cada um desempenhando o seu papel sem levar em conta o outro, e cada um obtendo individualmente do ato a sua própria consciência do prazer. Há uma diferença no trabalho de cada um e uma diferença na consciência do prazer que cada um tem, mas não há diferença no prazer que sentem, já que cada um sente aquele prazer em maior ou menor grau.

e essa ideia é inconsistente. Tal observação é equivocada, pois em alguns casos duas coisas são feitas ao mesmo tempo, como na briga de carneiros, em que ambos os animais recebem o impacto ao mesmo tempo em suas cabeças. O mesmo ocorre quando se joga uma *wood apple*[39] contra outra, e também numa briga ou luta de pugilistas. Se dissermos que nesses casos as coisas usadas são do mesmo tipo, é possível responder que, mesmo no caso de homens e mulheres, a natureza das duas pessoas é a mesma. E, como a diferença na sua maneira de agir se origina apenas da sua diferença de conformação, conclui-se que os homens têm o mesmo tipo de prazer que as mulheres.

Também há um verso sobre isso, que diz o seguinte: "Quando são da mesma natureza, homens e mulheres sentem o mesmo tipo de prazer; assim, o homem deve casar com essa mulher, que o amará para sempre".

Comprovando-se que o prazer de homens e mulheres é do mesmo tipo, segue-se que, no tocante ao tempo, há nove espécies de ato sexual, da mesma forma que há nove intensidades conforme a força da paixão.

Inúmeros tipos de união podem existir ao se considerar as combinações possíveis entre os nove tipos de união de acordo com a dimensão, a força da paixão e o tempo. Por isso, os homens devem usar os meios adequados para cada tipo específico de união sexual.[40]

---

39. Fruta da Índia que tem a casca muito dura. Também chamada, em inglês, de *elephant apple.* (N.T.)

40. Esse parágrafo deve ser particularmente considerado, já que se aplica a homens casados e a suas mulheres. Muitos homens ignoram solenemente os sentimentos da mulher e nunca prestam a menor atenção à sua paixão. Para dominar um assunto por inteiro, é absolutamente necessário estudá-lo, então uma pessoa saberá que, assim como a massa deve estar preparada para fazer o bolo, uma mulher deve ser preparada para o ato sexual quando se pretende que ela fique satisfeita.

Na primeira união sexual, a paixão do homem é intensa e o seu tempo é curto, mas nas uniões subsequentes no mesmo dia ocorre o inverso. Com a mulher, acontece o contrário, já que, na primeira vez, a sua paixão é fraca e, por isso, o seu tempo é longo. Porém, nas relações subsequentes no mesmo dia, a sua paixão é intensa e o seu tempo é curto, até que a sua paixão seja satisfeita.

Sobre os diferentes tipos de amor

Os homens versados em humanidades são da opinião de que há quatro tipos de amor:

1. Amor adquirido pelo hábito.
2. Amor resultante da imaginação.
3. Amor resultante da fé.
4. Amor resultante da percepção de objetos externos.

1. O amor resultante da realização constante e contínua do mesmo ato é chamado de amor adquirido pela prática constante e pelo hábito, como, por exemplo, o amor pelo ato sexual, o amor pela caçada, o amor pela bebida, o amor pelos jogos de azar etc.

2. O amor por coisas às quais não estamos habituados e que provém inteiramente de ideias é chamado de amor resultante da imaginação, como, por exemplo, o amor que alguns homens, mulheres e eunucos sentem pelo *Auparishtaka*, ou sexo oral, e que todos sentem por coisas como abraços, beijos etc.

3. O amor mútuo e comprovadamente verdadeiro, em que um tem consideração pelo outro como se fosse por si mesmo, é chamado de amor resultante da fé.

4. O amor resultante da percepção de objetos externos é muito evidente e conhecido no mundo, porque

o prazer que ele fornece é superior ao prazer dos outros tipos de amor, que existem para seu próprio propósito.

O que foi dito neste capítulo sobre o tema da união sexual é suficiente para os instruídos. Contudo, para a edificação dos ignorantes, ele será agora tratado em detalhes e com profundidade.

Capítulo 2

Sobre o abraço

Esta parte do *Kama Shastra*, que trata da união sexual, é também chamada de *64* (*Chatushshashti*). Alguns autores antigos afirmam que é chamada assim porque tem 64 capítulos. Outros acreditam que, sendo o autor uma pessoa chamada Panchala, e tendo também o nome Panchala a pessoa que narrou a parte do *Rig Veda*[41] intitulada *Dashatapa*, que contém 64 versos, o nome *64* foi-lhe dado em honra ao *Rig Veda*. Os seguidores de Babhravya, por outro lado, dizem que esta parte contém oito temas, que são: o abraço, o beijo, arranhões com as unhas ou dedos, mordidas, formas de deitar, emissão de sons, a mulher desempenhando o papel de homem e o *Auparishtaka*, ou sexo oral. Sendo cada um desses temas dividido em oito tipos, e sendo oito multiplicado por oito igual a 64, esta parte também é por isso chamada de *64*. Mas Vatsyayana afirma que o nome *64* foi dado por acaso, já que esta parte contém outros temas, como golpes, gritos, os atos de um homem durante a relação, os vários tipos de relação e muitos mais. É como quando, por exemplo, dizemos que uma árvore é *Saptaparna*, ou de sete folhas,

41. Os *Vedas* são os escritos mais antigos do hinduísmo. Consistem em quatro livros, sendo o mais importante o *Rig Veda*, considerado o mais sagrado dentre todos os livros hindus. *Rig* quer dizer louvor em sânscrito, e o *Rig Veda* é uma coleção de hinos em louvor a deidades. De tradição oral, foi posto em formato escrito em torno do ano 900 a.C. (N.T.)

e que uma oferenda de arroz é *Panchavarna*, ou de cinco cores, quando a árvore não tem sete folhas nem o arroz tem cinco cores.

De qualquer forma, a parte *64* passa agora a ser tratada. Sendo o abraço o primeiro tema, ele será agora levado em consideração.

O abraço que indica o amor recíproco de um homem e de uma mulher que se encontraram é de quatro tipos:

Abraço de contato.
Abraço penetrante.
Abraço de fricção.
Abraço de pressão.

A ação em cada um dos casos denota-se pelo significado da palavra que a descreve.

Quando um homem, sob algum pretexto, põe-se na frente ou ao lado de uma mulher e toca o corpo dela com o seu, isso é chamado de “abraço de contato”.

Quando uma mulher, em um local solitário, curva-se como para recolher algo no chão e crava com os seios o homem, que está sentado ou em pé, e o homem responde pegando os seus seios, isso é chamado de “abraço penetrante”.

Esses dois tipos de abraço ocorrem apenas entre pessoas que ainda não mantêm contato livremente.

Quando dois amantes estão caminhando lentamente juntos, seja no escuro, em um local de lazer público ou em um lugar solitário, e esfregam seus corpos um no outro, isso é chamado de “abraço de fricção”.

Quando, em situação semelhante à anterior, um deles pressiona o corpo do outro com força contra um muro ou pilar, isso é chamado de “abraço de pressão”.

Esses dois últimos abraços são característicos de quem conhece as intenções do outro.

No momento do encontro, os quatro seguintes tipos de abraço são usados:

Jataveshtitaka, ou enroscamento da trepadeira.

Vrikshadhirudhaka, ou escalada em uma árvore.

Tila-Tandulaka, ou mistura da semente de gergelim com o arroz.

Kshiraniraka, ou abraço do leite e da água.

Quando a mulher, agarrando-se ao homem como uma trepadeira se enrosca em uma árvore, puxa a cabeça dele contra a sua com o desejo de beijá-lo e emite o som de um gato, e abraça-o e fita-o amorosamente, isso é chamado de "abraço como o enroscamento da trepadeira".

Quando a mulher, tendo posto um de seus pés sobre o do amante, e o outro em uma das coxas dele, passa um dos braços pelas costas dele e o outro pelos seus ombros, produz levemente o som de um canto e de um arrulho e move-se como se fosse escalá-lo para obter um beijo, isso é chamado de "abraço como a escalada em uma árvore".

Esses dois tipos de abraços ocorrem quando o amante está em pé.

Quando os amantes estão deitados na cama e abraçam-se tão fortemente que seus braços e coxas se entrelaçam, esfregando-se, isso é chamado de "abraço como a mistura da semente do gergelim com o arroz".

Quando um homem e uma mulher estão muito apaixonados e, sem pensar em dor ou sofrimento, abraçam-se como se fossem entrar um no corpo do outro, com a mulher sentada no colo do homem ou à sua frente, ou na cama, isso é chamado de "abraço como a mistura do leite e da água".

Esses dois tipos de abraços ocorrem no momento do ato sexual.

Babhravya assim nos relatou os oito tipos de abraços.

Suvarnanabha, além desses, descreve quatro tipos de abraços de partes do corpo, que são:

O abraço das coxas.

O abraço da *jaghana*, ou seja, a região entre o umbigo e as coxas.

O abraço dos seios.

O abraço da fronte.

1. Quando um dos amantes pressiona com força uma ou as duas coxas do outro entre as suas próprias, isso é chamado de "abraço das coxas".

2. Quando o homem pressiona a *jaghana*, ou parte média do corpo da mulher, contra o seu corpo e monta nela, tanto arranhando com as unhas e com os dedos quanto mordendo, golpeando e beijando, com o cabelo da mulher estando solto e flutuante, isso é chamado de "abraço da *jaghana*".

3. Quando um homem põe seu peito entre os seios de uma mulher e a pressiona com ele, isso é chamado de "abraço dos seios".

4. Quando um dos amantes toca a boca, os olhos e a fronte do outro com a sua própria testa, isso é chamado de "abraço da fronte".

Alguns dizem que também o ato de lavar os cabelos é um tipo de abraço, porque os corpos se tocam. Mas Vatsyayana acredita que lavar os cabelos não pode ser considerado um abraço porque é praticado em outro momento e com um propósito distinto, e é também de natureza diferente.

Há alguns versos sobre esse tema, que dizem: "O tema do abraço é de tal natureza que os homens que fazem perguntas, ouvem ou falam sobre ele passam a querer desfrutá-lo. Mesmo os abraços não mencionados no *Kama Shastra* devem ser praticados no momento do ato sexual, se de alguma forma proporcionarem o aumento do amor ou da paixão. As regras do *Shastra* aplicam-se enquanto a paixão dos homens é mediana, mas, quando a roda do amor põe-se em movimento, então não há mais *shastra* ou regra".

Capítulo 3

Sobre o beijo

Alguns dizem que não há momento nem ordem predeterminados para o abraço, o beijo, apertos ou arranhões com unhas e dedos, mas tudo isso deve ser feito geralmente antes do começo da união sexual, enquanto a ocasião para bater e emitir sons geralmente se dá no momento do coito. Vatsyayana, no entanto, pensa que tudo pode ser feito a qualquer momento, já que o amor é indiferente ao momento e à ordem das carícias.

No momento da primeira união, os beijos e os outros atos mencionados devem ser praticados moderadamente, não devem durar muito e devem ser alternados. Nas uniões subsequentes, no entanto, deve ocorrer o contrário, e a moderação não será necessária. As carícias podem ser mantidas por um longo tempo e, com a intenção de inflamar o amor, podem ser praticadas todas ao mesmo tempo.

Os locais a serem beijados são os seguintes: a fronte, os olhos, as bochechas, a garganta, o colo, os seios, os lábios e o interior da boca. O povo de Lat também beija os seguintes locais: os quadris, os braços e o umbigo. Mas Vatsyayana pensa que esse tipo de beijo é praticado por causa da intensidade do seu amor e pelos costumes locais, o que não é adequado a todas as pessoas.

Para o caso de uma moça, há três tipos de beijos:

O beijo nominal.
O beijo palpitante.
O beijo com toque.

1. Quando a moça somente toca a boca do amante com a sua, mas não faz ela própria nenhum movimento, isso é chamado de "beijo nominal".

2. Quando a moça, deixando um pouco de lado a timidez, deseja tocar o lábio que é pressionado para dentro de sua boca e com esse objetivo move o seu lábio inferior mas não o superior, isso é chamado de "beijo palpitante".

3. Quando a moça toca o lábio de seu amante com a língua e, tendo fechado os olhos, coloca as mãos nas do seu amante, isso é chamado de "beijo com toque".

Outros autores descrevem quatro outros tipos de beijos:

O beijo direto.
O beijo inclinado.
O beijo girado.
O beijo pressionado.

1. Quando os lábios dos dois amantes entram em contato direto um com o outro, isso é chamado de "beijo direto".

2. Quando as cabeças dos amantes inclinam-se uma em direção à do outro para beijar, isso é chamado de "beijo inclinado".

3. Quando um deles gira a face do outro segurando a cabeça e o queixo, isso é chamado de "beijo girado".

4. Por último, quando o lábio inferior é pressionado com força, isso é chamado de "beijo pressionado".

Também há um quinto tipo de beijo chamado de "beijo fortemente pressionado", que é praticado tomando-se o lábio inferior entre dois dedos e, depois de tocá-lo com a língua, pressionando-o com força com o próprio lábio.

No tocante ao beijo, os amantes podem apostar para ver quem se apoderará primeiro dos lábios do outro. Se a mulher perder, deve fingir chorar, manter o amante longe ao sacudir as mãos e virar-se, propondo uma nova aposta. Se ela perder uma segunda vez, deve parecer duplamente conturbada, e, quando o amante estiver distraído ou adormecido, deve apoderar-se do seu lábio inferior e segurá-lo entre os dentes de maneira que não possa fugir, e então deve rir, produzindo um som alto, zombar dele, dançar a seu redor e dizer o que lhe vier à cabeça em tom de brincadeira, movendo as sobrancelhas e revirando os olhos. Tais são as apostas e disputas que se referem ao beijo, mas elas podem ser aplicadas ao ato de pressionar e arranhar com unhas e dedos, a mordidas e a golpes. Todas são, no entanto, características de homens e mulheres com paixão ardente.

Quando o homem beija o lábio superior da mulher, enquanto ela, em retribuição, beija o lábio inferior dele, isso é chamado de "beijo do lábio superior".

Quando um toma os lábios do outro entre os seus, isso é chamado de "beijo preso". A mulher só aceita esse tipo de beijo de um homem que não tenha bigode. No momento desse beijo, se um dos amantes tocar os dentes, a língua ou o palato do outro com a sua língua, isso é chamado de "batalha da língua". Da mesma forma, deve-se praticar a pressão dos dentes de um contra a boca do outro.

O beijo pode ser de quatro tipos, de acordo com as diferentes partes do corpo que são beijadas: moderado, contraído, pressionado e suave. Cada tipo de beijo é apropriado para determinadas partes do corpo.

Quando a mulher contempla o rosto do amante adormecido, e o beija para demonstrar sua intenção ou desejo, isso é chamado de "beijo que acende o amor".

Quando a mulher beija o amante enquanto ele está trabalhando, discutindo com ela ou olhando para outra coisa, de forma que a sua atenção possa ser desviada, isso é chamado de "beijo que distrai".

Quando o amante, voltando para casa à noite, beija sua amada adormecida com a intenção de mostrar o seu desejo, isso é chamado de "beijo que desperta". Nessa ocasião, a mulher pode fingir estar adormecida no momento da chegada do amante, para que ela possa conhecer suas intenções e conquistar o seu respeito.

Quando alguém beija o reflexo da pessoa que ama no espelho, na água ou em uma parede, isso é chamado de "beijo que demonstra a intenção".

Quando uma pessoa beija uma criança sentada no seu colo ou uma fotografia, imagem ou escultura, na presença da pessoa por ela amada, isso é chamado de "beijo de transferência".

Quando à noite, no teatro ou numa assembleia dos homens da casta, um homem, dirigindo-se a uma mulher, beija-lhe um dedo da mão se ela estiver em pé ou um dedo do seu pé se ela estiver sentada, ou quando a mulher, ao ensaboar o corpo do amante, encosta o seu rosto na coxa dele (como se estivesse adormecida) com a intenção de inflamar a sua paixão, e beija-lhe a coxa ou o dedão do pé, isso é chamado de "beijo demonstrativo".

Há também um verso sobre isso, que diz:

"Quaisquer que sejam as carícias feitas por um dos amantes no outro, o mesmo deve ser feito em retribuição, ou seja, se a mulher beijar o homem, ele deve beijá-la, se ela golpeá-lo, ele deve também golpeá-la em retribuição".

Capítulo 4

Sobre beliscar ou marcar ou arranhar com as unhas

Quando o amor se intensifica, pratica-se então o ato de beliscar ou arranhar o corpo com as unhas, o que ocorre nas seguintes ocasiões: no primeiro encontro, no momento da preparação para uma viagem, no retorno de uma viagem, no momento em que um amante zangado se reconcilia e, por último, quando uma mulher está embriagada.

Beliscar com as unhas não é comum, exceto entre os que estão ardentemente apaixonados, ou seja, cheios de paixão. Pode ser acompanhado de mordidas, para os que consideram essa prática agradável.

O beliscão com as unhas pode ser dos oito seguintes tipos, de acordo com a forma das marcas que são feitas:

1. Sonoro.
2. Meia-lua.
3. Um círculo.
4. Uma linha.
5. A pata ou garra do tigre.
6. A pata do pavão.
7. O salto da lebre.
8. A folha do lótus azul.

Os locais que devem ser beliscados com as unhas são os seguintes: a axila, a garganta, os seios, os lábios, a *jaghana*, ou parte média do corpo, e as coxas. Mas Suvarnanabha é da opinião que, quando a impetuosidade da paixão é excessiva, os locais não são importantes.

As unhas devem ser brilhantes, bem-formadas, limpas, inteiras, convexas, suaves e lisas. Elas são de três tipos, conforme o tamanho, a saber:

Curtas.
Médias.
Compridas.

Unhas compridas, que conferem graça às mãos e atraem as mulheres pela sua aparência, são características dos bengalis.

Unhas curtas, que podem ser empregadas de várias maneiras apenas com o objetivo de dar prazer, são características dos povos do sul.

Unhas médias, que têm as propriedades dos dois tipos mencionados, pertencem ao povo de Maharashtra.

1. Quando se pressiona o queixo, os seios, o lábio superior ou a *jaghana* de alguém tão suavemente que não deixa nenhum arranhão ou marca, mas somente os pelos do corpo ficam eretos por causa do toque das unhas, que produzem um som, isso é chamado de "produzindo som ou beliscando com as unhas".

2. A marca curva com as unhas, impressa no pescoço e nos seios, é chamada de "meia-lua".

3. Quando as meias-luas estão opostas uma à outra, isso é chamado de "círculo". Essa marca geralmente é feita no umbigo, nas cavidades na região das nádegas e nos quadris.

4. A marca na forma de uma pequena linha, que pode ser feita em qualquer parte do corpo, chama-se "linha".

5. A mesma linha, quando curva e feita no seio, é chamada de "garra do tigre".

6. Quando uma marca curva é feita no seio com as cinco unhas, é chamada de "pata de pavão". Essa marca é feita com o objetivo de obter um elogio, por isso requer grande habilidade para ser feita adequadamente.

7. Quando cinco marcas de unhas são feitas perto de outra próxima ao mamilo, isso é chamado de "o salto da lebre".

8. Uma marca feita no seio ou nos quadris na forma de uma folha de lótus azul é chamada de "folha do lótus azul".

Quando uma pessoa está partindo para uma viagem e faz uma marca nas coxas ou no seio do amante, isso é chamado de "sinal de lembrança". Em tal ocasião, três ou quatro linhas são impressas, uma junto da outra, com as unhas.

Isso encerra as marcas com as unhas. Marcas diferentes das descritas também podem ser feitas com as unhas, de acordo com o que dizem os antigos autores, já que os homens possuem diversos graus de habilidade (sendo esta uma prática conhecida por todos), havendo por isso inúmeras maneiras de produzir marcas. E, já que o ato de pressionar ou marcar com as unhas depende do amor, ninguém pode dizer ao certo quantas maneiras de marcar realmente existem. A razão para isso, diz Vatsyayana, é que a variedade é necessária no amor, e o amor deve ser produzido por meio da variação. É por levar isso em conta que as cortesãs, que dominam vários métodos, tornam-se tão desejáveis, uma vez que, se a variedade é exigida em todas as artes e entretenimentos, muito mais se espera no caso do amor.

As marcas das unhas não devem ser feitas em mulheres casadas, mas tipos particulares de marcas podem ser feitas em suas partes íntimas, para recordação e intensificação do amor.

Há também versos sobre o tema:

"O amor da mulher que vê as marcas de unhas nas partes íntimas do seu corpo, mesmo que antigas e quase imperceptíveis, torna-se fresco. Se não houver marcas de unhas como recordação do amor, então o amor enfraquece, tal como ocorre quando não há união por um longo tempo".

Mesmo quando um estranho vê à distância uma jovem mulher com as marcas de unhas no seu seio,[42] ele enche-se de amor e respeito por ela.

Também o homem que carrega as marcas de unhas e dentes em algumas partes do seu corpo ativa a mente da mulher, mesmo que ela tenha sido sempre impassível. Em resumo, nada aumenta mais o amor do que os efeitos de marcas com as unhas e mordidas.

---

42. Por isso presume-se que nos tempos antigos os seios das mulheres não eram cobertos, o que é visto nas pinturas de Ajunta e em outras cavernas, onde vemos que mesmo os seios das mulheres da realeza estão expostos.

Capítulo 5

Sobre mordidas e os métodos a serem usados com mulheres de distintas origens

Todos os locais que podem ser beijados também podem ser mordidos, à exceção do lábio superior, do interior da boca e dos olhos.

As qualidades dos bons dentes são as seguintes: eles devem ser iguais, devem apresentar um brilho agradável, devem possuir a capacidade de serem tingidos, devem ter proporções próprias, devem ser inteiros e ter extremidades afiadas.

Os defeitos dos dentes, por outro lado, são: não terem fio, serem protuberantes nas gengivas, ásperos, macios, grandes e espaçados.

Os tipos de mordida são os seguintes:

A mordida oculta.
A mordida inchada.
O ponto.
A linha de pontos.
O coral e a joia.
A linha de joias.
A nuvem quebrada.
A mordida do javali.

1. A mordida percebida apenas pela vermelhidão excessiva na pele é chamada de "mordida oculta".

2. Quando a pele é comprimida nos dois lados, temos a "mordida inchada".

3. Quando uma pequena porção de pele é mordida com somente dois dentes, é chamada de "ponto".

4. Quando essas pequenas porções de pele são mordidas com todos os dentes, diz-se que é uma "linha de pontos".

5. A mordida feita ao mesmo tempo pelos lábios e pelos dentes é chamada de "o coral e a joia". O lábio é o coral, e os dentes são a joia.

6. Quando a mordida é dada com todos os dentes, é chamada de "linha de joias".

7. A mordida formada por protuberâncias desiguais em um círculo formado pelo espaço entre os dentes é chamada de "nuvem quebrada".

8. A mordida formada por várias linhas amplas de marcas próximas umas às outras, com intervalos vermelhos, é chamada de "mordida do javali". Ela é feita nos seios e nos ombros. Os dois últimos tipos de mordida são característicos de pessoas de paixão intensa.

O lábio inferior é o local no qual são dadas a "mordida escondida", a "mordida inchada" e o "ponto". A "mordida inchada" e a "mordida coral e a joia" são dadas na bochecha. O beijo, o beliscão com as unhas e a mordida devem ornamentar a face esquerda. Quando se diz face, deve-se entender sempre a esquerda.

Tanto a "linha de pontos" quanto a "linha de joias" devem ser impressas na garganta, na axila e nos quadris, mas somente a "linha de pontos" deve ser impressa na fronte e nas coxas.

As marcas de unhas e mordidas na fronte e na orelha, assim como um ramo de flores, uma folha de bétele, ou uma folha de *tamala*[43], são exibidos pelas mulheres que são amadas, e são sinais do desejo pelo prazer.

---

43. Folha da *Cinnamomum tamala*. (N.T.)

Aqui termina a descrição dos diferentes tipos de mordida.

Em matéria de amor, o homem deve praticar aquilo que for agradável às mulheres de diferentes origens.

As mulheres das regiões centrais (ou seja, entre o Ganges e o Jumna) são de caráter nobre, não estão acostumadas a práticas indignas, e não gostam de beliscões com as unhas nem de mordidas.

As mulheres de Balhika são conquistadas com tapas.

As mulheres de Avantika gostam de prazeres rudes e não têm boas maneiras.

As mulheres de Maharashtra são adeptas das 64 artes, dizem grosserias, gostam de ouvir palavras baixas, e têm um arrebatador desejo pelo prazer.

As mulheres de Pataliputra (ou seja, a moderna Patna) são como as mulheres de Maharashtra, mas só demonstram suas preferências em segredo.

As mulheres da região de Dravida, não importa o quanto sejam esfregadas e pressionadas durante o prazer sexual, derramam pouco sêmen e são muito lentas no coito.

As mulheres de Vanavasi têm paixão de intensidade moderada, experimentam todos os tipos de prazeres, cobrem seus corpos e ofendem-se com os que usam palavras vis, grosseiras e mesquinhas.

As mulheres de Avanti detestam beijos, marcas de unhas e mordidas, mas apreciam várias formas de união sexual.

As mulheres de Malwa gostam de abraços e beijos, mas não de ofensas, e são conquistadas com tapas.

As mulheres de Abhira e as da região em torno dos Indus e dos cinco rios (ou seja, o Punjab) são conquistadas pelo *Auparishtaka*, ou sexo oral.

As mulheres de Aparatika são cheias de paixão e produzem vagarosamente o som *sit*.

As mulheres da região de Lat têm um desejo ainda mais impetuoso e também produzem o som *sit*.

As mulheres de Stri Rajya e de Koshola (Oude) são cheias de desejo impetuoso, o seu sêmen é derramado em grandes quantidades e tomam remédios para que isso se mantenha.

As mulheres da região de Andhra têm corpos macios e são adeptas do gozo de prazeres voluptuosos.

As mulheres de Ganda têm corpos macios e falam docemente.

Suvarnanabha é da opinião que práticas agradáveis para uma pessoa em particular são mais importantes do que as práticas agradáveis a toda uma nação e que as peculiaridades de cada região não devem ser levadas em conta nesse caso. Os prazeres, as indumentárias e os jogos de uma região são às vezes adotados por outra; nesse caso, essas coisas devem ser consideradas originariamente daquela região.

Entre as práticas mencionadas, ou seja, abraços, beijos etc., as que aumentam a paixão devem ser praticadas primeiro e as que se destinam apenas ao divertimento ou à variedade devem ser praticadas depois.

Há também alguns versos sobre esse tema:

"Quando o homem morde a mulher à força, ela deve, furiosa, fazer o mesmo com força redobrada. Assim, um ponto deve ser retribuído com uma linha de pontos, e uma linha de pontos, com uma nuvem quebrada. E, se ela estiver excessivamente irritada, deve imediatamente dar início a uma discussão. Nesse momento, ela deve pegar o amante pelos cabelos, e baixar a sua cabeça e morder o seu lábio inferior. Então, intoxicada de paixão, ela deve fechar os olhos e mordê-lo em vários locais. Mesmo de dia e em local público, quando seu amante mostrar-lhe uma marca que ela tenha produzido no seu corpo, ela deve sorrir ao vê-la e, virando o rosto como se o reprovasse, deve mostrar com um ar zangado as marcas no seu próprio corpo que foram feitas por ele. Assim, se homens e mulheres agirem de acordo com o gosto um do outro, o seu amor não diminuirá, nem mesmo em cem anos".

Capítulo 6

Sobre as diferentes formas de deitar-se e os vários tipos de ato sexual

No caso de uma união alta, a mulher *Mrigi* (corça) deve deitar-se de maneira a aumentar a sua *yoni*, ao passo que, numa união baixa, a mulher *Hastini* (elefanta) deve deitar-se de maneira a contrair-se. Mas, numa união igual, elas devem deitar-se numa posição natural. O que é dito sobre a Mrigi e a Hastini também se aplica à mulher *Vadawa* (égua). Numa união baixa, as mulheres devem usar remédios para que os seus desejos sejam satisfeitos rapidamente.

A mulher-corça dispõe das seguintes formas de deitar-se:

A posição amplamente aberta.
A posição aberta.
A posição da esposa de Indra.

1. Quando ela baixa a cabeça e eleva a parte média do corpo, tem-se a "posição amplamente aberta". Nesse momento, o homem deve usar um pouco de unguento para facilitar a penetração.

2. Quando ela eleva as coxas e as mantém abertas, começando o ato, adota a "posição do bocejo".

3. Quando ela dobra as pernas sobre as coxas e então inicia o ato sexual, tem-se a "posição da esposa de Indra", a qual só é aprendida com a prática. Essa posição é útil no caso da união elevada.

A "posição comprimida" é usada na "união baixa". Na "união baixíssima", ela é usada junto com a "posição de pressão", a "posição torcida" e a "posição da égua".

Quando as pernas do homem e da mulher estão umas sobre as outras e estendidas, estão em "posição comprimida". É de dois tipos: a posição de lado e a posição supina, de acordo com a maneira como eles estão deitados. Na posição de lado, o homem deve invariavelmente apoiar-se no seu lado esquerdo, fazendo com que a mulher se apoie no direito, e essa regra deve ser observada com todos os tipos de mulher.

Depois, quando o ato já começou na "posição comprimida" e a mulher pressiona o amante com as coxas, o casal adota a "posição de pressão".

Quando a mulher enlaça com uma de suas coxas a coxa do amante, tem-se a "posição torcida".

Quando a mulher, usando a força, retém o *lingam* dentro de sua *yoni* depois de penetrá-la, isto é conhecido como "posição da égua". Isso aprende-se somente com a prática, e verifica-se principalmente entre as mulheres de Andra.

As posições descritas constituem as diferentes maneiras de deitar mencionadas por Babhravya. Suvarnanabha, no entanto, adiciona outras:

Quando a mulher eleva ambas as coxas, mantendo-as retas, chama-se "posição elevada".

Quando ela eleva ambas as pernas e as apoia nos ombros do amante, tem-se a "posição aberta".

Quando as pernas estão dobradas e estão sendo seguradas pelo amante na altura do seu umbigo, adota-se a "posição pressionada".

Quando somente uma das pernas dela está estendida, tem-se a "posição meio pressionada".

Quando a mulher coloca uma das pernas sobre o ombro do amante e estende a outra, e em seguida a coloca sobre o ombro dele e estende a primeira, e prossegue fazendo isso de maneira alternada, ocorre a "rachadura do bambu".

Quando uma das pernas dela está posicionada na cabeça dele e a outra está estendida, chama-se "fixação de um prego". Isso só se aprende com a prática.

Quando as duas pernas da mulher estão dobradas e sobre o seu estômago, diz-se que ela está na "posição do caranguejo".

Quando as coxas estão elevadas e uma sobre a outra, adota-se a "posição do pacote".

Quando os tornozelos estão um sobre o outro, chama-se de "posição de quase lótus".

Quando um homem, durante a relação, vira-se e desfruta da mulher sem sair de dentro dela, enquanto ela o abraça pelas costas, o casal está em "posição virada", a qual é aprendida pela prática.

Suvarnanabha recomenda que essas diferentes formas de deitar, sentar e permanecer em pé sejam praticadas na água, porque fica mais fácil praticá-las. Mas Vatsyayana é da opinião que a relação na água é imprópria, porque é proibida pelas leis religiosas.

Quando um homem e uma mulher apoiam-se um no corpo do outro, ou em uma parede, ou pilar, e, então, enquanto estão de pé, começam o ato sexual, isso é chamado de "união apoiada".

Quando o homem apoia-se numa parede e a mulher, sentada sobre as mãos dele mantidas juntas e embaixo dela, envolve o pescoço dele com os braços e enlaça as coxas em torno da cintura dele e move-se usando os pés, que estão tocando a parede, essa posição é chamada de "união suspensa".

Quando a mulher apoia-se nas mãos e pés como um quadrúpede e o seu amante monta nela como um touro, ocorre a "união da vaca". Nesse momento, as carícias normalmente feitas nos seios devem ser feitas nas costas.

Da mesma forma pode ser realizada a "união do cachorro", a "união do bode", a "união do cervo", a "cobertura forçada do asno", a "união do gato", o "salto do tigre", a "pressão do elefante", a "fricção do javali" e a "cobertura do cavalo". E em todos esses casos os amantes devem manifestar as características desses animais, agindo como eles.

Quando um homem desfruta duas mulheres ao mesmo tempo, e as duas devotam-se a ele igualmente, tem-se uma "união conjunta".

Quando um homem desfruta muitas mulheres ao mesmo tempo, ocorre a "união do rebanho de vacas".

Os seguintes tipos de união são realizados com a imitação de animais: "brincadeira na água", ou a união de um elefante com várias fêmeas, que se relata ocorrer somente na água, a "união do bando de cabras" e a "união do bando de corças".

Em Gramaneri, vários rapazes desfrutam da mulher que se casará com um deles, tanto um após o outro como todos ao mesmo tempo. Enquanto um deles a segura, o outro a penetra, um terceiro usa sua boca, um quarto segura a parte média do corpo, e dessa forma eles prosseguem, desfrutando suas várias partes alternadamente.

O mesmo pode ser feito quando vários homens estão em companhia de uma cortesã, ou quando uma cortesã está sozinha com muitos homens. Da mesma forma, isso pode ser praticado pelas mulheres do harém real quando conseguem se apossar de um homem.

O povo das regiões meridionais também pratica relações usando o ânus, o que é chamado de "união inferior".

Assim, encerra-se a descrição dos vários tipos de união. Há também dois versos sobre o tema:

"A pessoa criativa deve multiplicar os tipos de união imitando os hábitos de distintos animais e pássaros. Esses diferentes tipos de união, praticados de acordo com os costumes de cada país e com as preferências de cada indivíduo, geram amor, amizade e respeito no coração das mulheres".

Capítulo 7

Sobre as diferentes formas de bater, e sobre os sons apropriados a cada uma delas

O ato sexual pode ser comparado a uma briga, por causa das contrariedades do amor e da sua tendência à disputa. O local a ser golpeado com paixão é o corpo, e os lugares especiais para isso são:

Os ombros.
A cabeça.
O espaço entre os seios.
As costas.
A *jaghana*, ou parte média do corpo.
Os flancos.

Há quatro tipos de pancadas:

Tapas com as costas da mão.
Tapas com os dedos um pouco dobrados.
Pancadas com a mão fechada.
Tapas com a palma da mão aberta.

Porque causam dor, as pancadas geram sons sibilantes, que podem ser de vários tipos, e oito tipos de gritos, que são os seguintes:

O som *hin*.
O som do trovão.
O som do arrulho.

O som do choro.
O som *fut.*
O som *fat.*
O som *sut.*
O som *plat.*

Além desses, há também palavras com sentido, como "mãe", e as que expressam proibição, suficiência, desejo de libertação, dor ou súplica, e às quais podem ser adicionados sons como os do pombo, do cuco, do pombo verde, do papagaio, da abelha, do pardal, do flamingo, do pato e da codorna, todos usados ocasionalmente.

Bofetadas com a mão fechada devem ser dadas nas costas da mulher, enquanto ela está sentada no colo do homem, e ela deve retribuí-las, insultando o homem como se estivesse brava e fazendo o "som do arrulho" e o "som do choro". Enquanto a mulher está ocupada no ato, o espaço entre os seios deve ser golpeado com as costas da mão, lentamente, no princípio, e com intensidade crescente de acordo com o aumento da excitação, até o fim.

Nesse momento, o "som *hin*" e os outros sons podem ser emitidos, alternadamente ou à livre escolha, de acordo com o hábito. Quando o homem, emitindo o "som *fat*", golpeia a mulher na cabeça com os dedos um pouco dobrados, isso é chamado de *Prasritaka*, o que significa "golpear com os dedos da mão um pouco dobrados". Nesse caso, os sons apropriados são o de arrulho, o "som *fat*" e o "som *fut*" no interior da boca. E, no fim da união, os sons de suspiro e o "som do choro". O "som *fat*" é uma imitação do som do bambu sendo partido, enquanto o "som *fut*" é como o som produzido por algo que cai na água. Em todos os momentos em que se começam atos como o de beijar e similares, a mulher deve responder com um som sibilante. Durante o excitamento, quando a mulher não está habituada aos golpes, ela emite continuamente palavras de proibição, suficiência ou desejo de libertar-se, assim como as palavras "pai", "mãe", misturadas com sons de suspiro, o "som do choro" e o "som do trovão".[44] Até o final da união, os seios, a *jaghana* e os flancos da mulher devem ser pressionados com as palmas abertas da mão, com alguma força, e então devem ser emitidos sons imitando a codorna e o ganso.

Há dois versos sobre esse tema:

"Diz-se que as características da masculinidade são a rudeza e a impetuosidade, ao passo que a fraqueza, a delicadeza, a sensibilidade e a tendência a afastar-se de coisas desagradáveis são marcas da feminilidade. A excitação da paixão e as particularidades do hábito podem fazer surgir manifestações contrárias, mas é algo que não dura, e, no fim, o estado natural é retomado".

A cunha no peito, a tesoura na cabeça, o instrumento pontiagudo nas faces e os grampos nos seios e flancos também podem ser levados em consideração junto com as outras quatro maneiras de golpear, formando com elas oito maneiras. Mas essas quatro maneiras de bater com instrumentos são características dos povos meridionais, e as marcas causadas por eles são vistas nos seios de suas mulheres. São particularidades locais, mas Vatsyayana crê que essa prática é dolorosa, bárbara e vil, e não merece imitação.

---

44. Homens que conhecem bem a arte do amor sabem o quanto uma mulher difere da outra nos seus suspiros e sons durante a união sexual. Algumas mulheres gostam de ouvir palavras amorosas, outras, mais lascivas, outras, palavras mais insultantes, e assim por diante. Algumas mulheres desfrutam do prazer de olhos fechados e em silêncio, outras fazem muito barulho, e algumas quase desmaiam. A grande arte é descobrir o que dá a elas o maior prazer e quais especialidades elas apreciam mais.

Da mesma forma, particularidades locais não devem sempre ser adotadas em outros locais; mesmo no local em que a prática é prevalente, o excesso deve sempre ser evitado. Exemplos do uso perigoso de tais práticas: o rei dos Panchala matou a cortesã Madhavasena usando uma cunha durante a união. O rei Sahtakarni Sahtavahana, dos Kuntala, tirou a vida da sua grande rainha Malayavati com uma tesoura, e Naradeva, cuja mão ficou deformada, cegou uma dançarina ao usar um instrumento perfurante da maneira errada.

Há dois versos sobre esse tema:

"Essas coisas não podem ser nem enumeradas, nem reguladas de maneira definitiva. Depois que a união começa, é a paixão que governa todos os atos dos parceiros".

As ações apaixonadas e movimentos e gestos amorosos que surgem no calor do momento e durante o ato sexual não podem ser definidos e são tão instáveis quanto os sonhos. Um cavalo, tendo atingido o quinto grau de movimento, segue em velocidade cega, sem prestar atenção a buracos, canais ou pilares no seu caminho. Da mesma forma, um casal fica cego de paixão no calor da união e segue adiante impetuosamente, sem prestar a menor atenção ao excesso. Por esse motivo, quem domina a arte do amor e conhece bem a sua própria força, assim como a delicadeza, a impetuosidade e a força da mulher jovem, deve agir de acordo com esse conhecimento. Os vários modos de prazer não servem para todos os momentos nem para todas as pessoas. Eles devem ser usados no momento e nos locais apropriados.

Capítulo 8

Sobre mulheres desempenhando o papel do homem e sobre a atuação do homem

Quando a mulher percebe que o amante está fatigado pela união sem ter satisfeito o seu desejo, ela deve, com a permissão dele, deitá-lo de costas e ajudá-lo, desempenhando o papel masculino. Ela também pode fazer isso para satisfazer a curiosidade do amante, ou a sua própria.

Há duas maneiras de proceder. A primeira é quando, durante o ato, a mulher se vira e fica por cima do amante, mantendo a atividade sem interromper o prazer, e a outra é quando ela desempenha o papel do homem desde o começo. Nesse momento, com flores nos cabelos soltos e com o sorriso interrompido por uma respiração ofegante, ela pressiona o peito do amante com os próprios seios e, baixando a cabeça, deve fazer os mesmos movimentos que ele fazia antes, devolvendo seus tapas e zombando dele: "Eu estava embaixo de você, fatigada com a árdua união; vou fazer o mesmo com você". Ela deve então manifestar novamente acanhamento, fadiga e o desejo de interromper a união. É dessa maneira que ela deve fazer o trabalho do homem, que a seguir relataremos.

Tudo o que é feito por um homem para dar prazer a uma mulher é chamado de trabalho do homem, que consiste no seguinte:

Enquanto a mulher está deitada na cama dele, ela deve fingir-se absorta pela conversa, e ele deve soltar o nó da roupa de baixo dela. Se ela começar a discutir com ele, ele deve enchê-la de beijos. Então, quando o *lingam* dele estiver ereto, ele deve tocá-la com as mãos em vários locais e manipular gentilmente várias partes do corpo. Se a mulher estiver tímida, e se for a primeira vez que ficam juntos, o homem deve colocar as mãos entre as coxas dela, que ela provavelmente manterá juntas. Se ela for muito jovem, ele deve primeiro colocar as mãos nos seios dela, que ela provavelmente cobrirá com as mãos, e também nas axilas e no pescoço. Se ela for madura, ele deve fazer tudo o que for agradável para ele e para ela, e tudo o que parecer adequado para a ocasião. Depois, ele deve pegar o seu cabelo e segurar o queixo dela entre os dedos com a intenção de beijá-la. Se ela for jovem, ficará tímida e fechará os olhos. É assim, pela conduta da mulher, que ele descobrirá quais são as carícias prazerosas para ela durante a união.

Suvarnanabha diz que, enquanto o homem está fazendo na mulher o que ele mais aprecia na união, ele deve sempre preocupar-se em pressionar as partes do corpo dela que a fazem revirar os olhos.

Os sinais de prazer e satisfação da mulher são os seguintes: o corpo dela relaxa e mostra um desejo crescente de aproximar os dois órgãos o máximo possível. Por outro lado, os sinais que mostram prazer ainda não satisfeito são os seguintes: ela sacode as mãos, ela não deixa que o homem se levante, sente-se abatida, morde o homem, chuta-o e continua a mover-se depois que o homem já terminou. Nesses casos, o homem deve esfregar a *yoni* da mulher com sua mão e dedos (como o elefante esfrega algo com a tromba) antes de começar a união, até que ela esteja macia, e só depois disso ele deve colocar o *lingam* dentro dela.

Os movimentos a serem praticados pelo homem são:

Movimentar-se para a frente.
Friccionar ou agitar.
Furar.
Esfregar.
Pressionar.
Arremeter.
A arremetida do javali.
A arremetida do touro.
A caça ao pardal.

1. Quando os órgãos são unidos de maneira apropriada e diretamente, chama-se "movimento do órgão para a frente".

2. Quando o *lingam* é segurado com a mão e movimentado em círculos dentro da *yoni*, tem-se o ato de "friccionar ou agitar".

3. Quando a *yoni* está numa posição baixa e a sua parte superior é golpeada pelo *lingam*, isso é chamado de "furar".

4. Quando a mesma coisa é feita na parte inferior da *yoni*, é chamada de "esfregar".

5. Quando a *yoni* é pressionada pelo *lingam* por um longo tempo, isso é chamado de "pressionar".

6. Quando o *lingam* é retirado a alguma distância da *yoni*, e então, com força, penetra-a, isso é chamado de "arremeter".

7. Quando somente uma parte da *yoni* é esfregada com o *lingam*, isso é chamado de "arremetida do javali".

8. Quando os dois lados da *yoni* são esfregados dessa forma, isso é chamado de "arremetida do touro".

9. Quando o *lingam* está dentro da *yoni* e é movido

para cima e para baixo constantemente sem ser retirado, isso é chamado de "caça ao pardal". Isso é praticado no final da união.

Quando uma mulher desempenha o papel do homem, ela pode fazer as seguintes três coisas em adição às nove anteriores:

O par de pinças.
O pião.
O balanço.

1. Quando a mulher segura o *lingam* dentro da *yoni*, sugando-o, pressionando-o, e o mantém dentro dela por um longo tempo, isso é chamado de "par de pinças".

2. Quando, durante a união, ela gira como uma roda, isso é chamado de "pião", o que só é aprendido com a prática.

3. Quando, nesse momento, o homem eleva a parte média do corpo e a mulher gira o ventre, isso é chamado de "balanço".

Quando a mulher estiver cansada, ela deve repousar a sua fronte na do amante e deve descansar sem atrapalhar a união dos órgãos. Quando ela estiver descansada, o homem deve virar-se e retomar a união.

Há também alguns versos sobre esse tema:

"Mesmo que a mulher seja reservada, e mantenha seus sentimentos ocultos, ela deve mostrar todo o seu amor e desejo quando estiver por cima do homem. O homem deve adivinhar a disposição da mulher pelos seus movimentos, assim como a maneira como ela gosta de ser agradada. A mulher menstruada, a mulher que recém deu à luz e a mulher gorda não devem desempenhar o papel do homem".

Capítulo 9

Sobre *Auparishtaka*[45] ou sexo oral

Há dois tipos de eunucos: os que se vestem como homens e os que se vestem como mulheres. Os eunucos que se vestem como mulheres imitam-lhes as roupas, a fala, os gestos, a delicadeza, a timidez, a simplicidade, a suavidade e o acanhamento. Os atos praticados na *jaghana*, ou parte média do corpo da mulher, são praticados na boca desse eunucos, e a isso se chama *Auparishtaka*. Os eunucos tiram desse tipo de união um prazer imaginário e o seu sustento, e levam a mesma vida das cortesãs. É isso que há a ser dito sobre eunucos que se vestem como mulheres.

Os eunucos que se vestem como homens mantêm seus desejos em segredo, e, quando pretendem fazer algo, eles adotam a vida de massagistas. Sob o pretexto de massagear, um eunuco desse tipo abraça e puxa para si as coxas do homem que está manipulando e, depois disso, toca os quadris dele e o seu *jaghana*, ou parte média

45. Essa prática parece ter sido frequente em algumas partes da Índia desde tempos muito antigos. O *Shushruta*, uma obra sobre medicina com cerca de dois mil anos, descreve o ferimento do *lingam* com os dentes como uma das causas de uma doença. Vestígios dessa prática são encontrados no século XIII, quando foram feitas representações de vários tipos de *Auparishtaka* nas esculturas que adornam muitos templos de Shaiva em Bhuvaneshwara, perto de Cuttack, em Orissa. Essas esculturas fazem crer que essa prática era comum naquela região. Ela não parece ser tão frequente no Hindustão, onde parece ter sido substituída pela sodomia, iniciada no período maometano.

do corpo. Então, se o *lingam* do homem estiver ereto, ele o pressiona com os dedos e brinca com ele até deixá-lo no estado desejado. Se, depois disso, e de entender a intenção do eunuco, o homem não o manda prosseguir, o primeiro começa a relação. Se, no entanto, o homem mandá-lo prosseguir, então o eunuco discutirá com ele e só concordará depois de muita dificuldade.

As práticas do eunuco, uma depois da outra, são oito:

União nominal.
Mordida dos lados.
Pressão externa.
Pressão interna.
Beijo.
Fricção.
Chupada na manga.
Deglutição.

Ao final de cada uma delas, o eunuco deve expressar seu desejo de parar. Mas, quando uma delas estiver acabada, o homem expressa o desejo de que passe à seguinte, depois outra, a seguinte, e assim por diante.

1. Quando, segurando o *lingam* do homem com a mão e colocando-o entre os lábios, o eunuco move a boca em círculos, isso é chamado de "união nominal".

2. Quando, cobrindo a extremidade do *lingam* com os dedos juntos como se fossem o botão de uma flor ou planta, o eunuco pressiona os lados com a boca, usando também os dentes, chama-se "morder os lados".

3. Quando, requisitado a prosseguir, o eunuco pressiona a extremidade do *lingam* com os lábios bem fechados e o beija como se o estivesse puxando, ocorre "pressão externa".

4. Quando, requisitado a continuar, introduz o *lingam* mais profundamente dentro da boca e pressiona-o com os lábios e então o retira, ocorre a "pressão interna".

5. Quando, segurando o *lingam* na mão, o eunuco o beija como se estivesse beijando o lábio inferior, a isso se chama de "fricção".

6. Quando, depois de beijá-lo, ele toca com a língua em todos os pontos e passa a língua na ponta, isso é chamado de "esfregar".

7. Quando, da mesma forma, ele introduz metade do *lingam* dentro da boca e o beija e suga, isso é chamado de "chupar uma manga".

8. Por último, quando, com o consentimento do homem, o eunuco insere todo o *lingam* dentro da boca e pressiona-o como se fosse engoli-lo, tem-se a "deglutição".

Dar golpes e arranhar também podem ser praticados durante esse tipo de união.

O *Auparishtaka* também é praticado por mulheres impuras e libertinas, por criadas e por serventes, ou seja, aquelas que não são casadas mas que vivem de massagear os corpos dos homens.

Os *Acharyas* (ou seja, os autores anciãos e veneráveis) creem que o *Auparishtaka* é adequado para cães, e não para homens, porque é uma prática inferior que se opõe aos ensinamentos da Sagrada Escritura e porque o próprio homem sofre ao colocar o seu *lingam* em contato com a boca de eunucos e mulheres. Mas Vatsyayana afirma que os mandamentos da Sagrada Escritura não se aplicam aos que recorrem a cortesãs e que a lei proíbe a prática do *Auparishtaka* somente com mulheres casadas. Sobre os ferimentos causados ao homem, eles podem ser facilmente remediados.

O povo da Índia oriental não se deita com mulheres que praticam o *Auparishtaka.*

O povo de Ahichhatra recorre a elas, mas não pratica nada que envolva a boca.

O povo de Saketa pratica todo tipo de sexo oral com essas mulheres, enquanto o povo de Nagara não, mas pratica todos os outros tipos de sexo.

O povo de Shurasena, sul do Jumna, faz tudo sem nenhum tipo de hesitação, pois dizem que, sendo as mulheres naturalmente impuras, ninguém pode ter certeza sobre seu caráter, pureza, conduta, prática, confissão ou discurso. Mas elas não devem ser abandonadas por esse motivo, porque a lei religiosa, sob cuja autoridade elas são consideradas puras, afirma que o ubre de uma vaca é limpo no momento da ordenha, embora a boca de uma vaca, assim como a boca do bezerro, seja considerada impura pelos hindus. Da mesma forma, um cachorro é puro quando abocanha uma corça durante a caçada, embora a comida tocada por um cachorro seja considerada muito suja. Um pássaro é limpo quando bica uma fruta e a faz cair do pé, embora coisas comidas por corvos e outros pássaros sejam consideradas sujas. E a boca de uma mulher é limpa para beijar e para fazer coisas similares durante o ato sexual. Vasyayana vai além, e diz que em todas as coisas relacionadas com o amor todos deveriam agir de acordo com o costume de seu povo e com as próprias inclinações.

Há também os seguintes versos sobre esse tema:

"Os criados de alguns homens praticam a união oral com seus senhores. Ela também é praticada entre alguns cidadãos que se conhecem bem. Algumas mulheres do harém, quando apaixonadas, manipulam com a boca as *yonis* umas das outras, e alguns homens fazem o mesmo com mulheres. A maneira de fazer isso (ou seja, o beijo da *yoni*) deve ser aprendida com o beijo na boca. Quando o homem e a mulher estão deitados em posição invertida, ou seja, com a cabeça de um junto dos pés do outro, e praticam esse ato, isso é chamado de "união do corvo".

Por causa dessas práticas, cortesãs abandonam homens de boas qualidades, liberais e inteligentes, e ligam-se a pessoas inferiores, como escravos ou condutores de elefante. O *Auparishtaka*, ou sexo oral, não deve nunca ser praticado por um brâmane sábio, por um ministro que conduza negócios de Estado ou por um homem de boa reputação, porque, embora a prática seja permitida pelos *Shastras*, não há razão para que ela seja levada a cabo, e só precisa ser efetivada em casos muito particulares. Embora o gosto, a força e as qualidades digestivas da carne de cachorro sejam mencionados em obras de medicina, não se depreende disso que ela deva ser comida pelas pessoas de bom-senso. Da mesma forma, há alguns homens, locais e momentos nos quais essas práticas podem ser usadas. O homem deve, no entanto, prestar atenção ao local, ao momento e à prática que está sendo realizada, assim como ao fato de ser ou não adequada à sua natureza e pessoa, e ele pode, então, de acordo com as circunstâncias, decidir-se por praticar ou não essas atividades. De qualquer maneira, são coisas que podem ser feitas secretamente e, sendo a mente do homem instável, não há como saber o que uma pessoa fará num momento determinado e com um propósito determinado.

Capítulo 10

Sobre a maneira de começar e terminar a união. Diferentes tipos de união e de brigas de amor

O cidadão deve receber a mulher no quarto do prazer, decorado com flores e perfumado com fragrâncias, rodeado por amigos e criados. Ela deve estar banhada e em trajes adequados. Ele oferecerá a ela refrescos e bebidas, devendo então se sentar ao lado esquerdo dela e, segurando seu cabelo e tocando também a borda e o nó da sua roupa, abraçá-la gentilmente com seu braço direito. Eles devem então manter uma conversa agradável sobre vários assuntos, e podem também falar de maneira sugestiva sobre coisas que poderiam ser consideradas vulgares, ou que não são comentadas normalmente num ambiente social. Eles podem cantar, usando gestos ou não, e tocar instrumentos musicais, falar sobre artes e persuadir um ao outro a beber. Quando a mulher estiver, finalmente, cheia de amor e desejo, o cidadão deve dispensar as pessoas que estiverem com ele, dando-lhes flores, pomadas e folhas de bétele, e, em seguida, quando os dois estiverem sós, devem agir de acordo com o que foi descrito nos capítulos anteriores.

Tal é o começo da união sexual. No fim da relação, os amantes, com modéstia e sem se olharem, devem ir separadamente à sala de banho. Depois disso, sentados em seus lugares, devem comer algumas folhas de bétele, e o cidadão deve aplicar pomada de madeira de sândalo pura ou unguento no corpo da mulher com a própria mão. Ele deve então abraçá-la com o braço esquerdo e, com palavras agradáveis, deve fazê-la beber de um copo que estiver na sua mão, ou pode oferecer-lhe água. Eles podem comer doces ou qualquer outra coisa, de acordo com o seu gosto, e podem beber suco de frutas frescas,[46] sopa, mingau, extratos de carne, sorvete, suco de manga, extrato do suco do limão misturado com açúcar, ou o que for apreciado em distintas regiões e conhecido como sendo doce, suave e puro. Os amantes também podem sentar-se no terraço do palácio ou da casa e apreciar o luar, mantendo uma conversa agradável. Nesse momento, quando a mulher se apoia no regaço do homem, com a face voltada para a lua, o cidadão deve mostrar-lhe os diferentes planetas, a estrela da manhã, a estrela polar e as sete *Rishis*, ou a constelação da Ursa Maior.

Assim termina a união sexual.

A união pode ser dos seguintes tipos:

União amorosa.
União com amor subsequente.
União do amor artificial.
União do amor transferido.
União como a dos eunucos.
União enganosa.
União do amor espontâneo.

1. Quando um homem e uma mulher, apaixonados há algum tempo, reúnem-se com grande dificuldade, ou quando um deles está retornando de uma viagem, ou quando se reconciliam depois de haverem estado separados por causa de uma briga, então a união é chamada de

46. Sucos frescos de coco, de tâmaras e de outros tipos de palmeiras são bebidos na Índia. Eles não se mantêm frescos por muito tempo, porque fermentam rapidamente, e são depois disso destilados para virar licor.

"união amorosa". Ela ocorre de acordo com o desejo dos amantes e pelo tempo que eles determinarem.

2. Quando duas pessoas juntam-se e o amor delas está apenas no começo, a união é chamada de "união do amor subsequente".

3. Quando o homem mantém a relação excitando-se por meio das 64 formas, como beijar etc., ou quando o homem e a mulher juntam-se quando na verdade estão ligados a outras pessoas, essa união é chamada de "união do amor artificial". Nesse caso, devem ser usados todos os métodos e formas mencionados no *Kama Shastra*.

4. Quando o homem, embora ligado à mulher, pensa do começo ao fim da união em outra que ele ama, isso é chamado de "união do amor transferido".

5. A união entre o homem e a mulher carregadora de água, ou uma serva de uma casta inferior à sua, que se mantém apenas enquanto o desejo é satisfeito, é chamada de "união como a dos eunucos". Nesse caso não devem ser usados toques externos, beijos e manipulações.

6. A união entre uma cortesã e um camponês, assim como aquela entre cidadãos e mulheres de vilarejos ou de regiões fronteiriças, é chamada de "união enganosa".

7. A união que se dá entre duas pessoas que estão conectadas uma à outra e que é realizada de acordo com o seu gosto é chamada de "união espontânea".

Esses são os tipos de união.

Agora falaremos sobre as brigas de amor.

A mulher muito apaixonada por um homem não suporta ouvir a menção ao nome da rival, ou manter qualquer diálogo que se refira a ela, muito menos ser tratada pelo nome da outra por engano. Se isso ocorrer, haverá uma grande briga, e a mulher chora, fica brava, puxa o próprio cabelo, bate no amante, cai da cama ou da cadeira e, arrancando sua grinalda e ornamentos, atira-se ao chão.

Nesse momento, o amante deve tentar reconciliar-se com ela usando palavras conciliatórias, levantá-la com cuidado e deitá-la na cama. Mas ela, sem responder ao que ele diz e com raiva crescente, deve baixar a cabeça dele, puxando o seu cabelo e, depois de chutá-lo uma, duas ou três vezes nos braços, na cabeça, na barriga ou no tronco, deve então se dirigir para a porta. Dattaka afirma que ela deve em seguida se sentar, furiosa, perto da porta e derramar lágrimas, mas não deve sair, porque ela pode ser considerada culpada se deixar a casa. Depois de algum tempo, quando ela julgar que as palavras conciliatórias e os atos do amante chegaram ao máximo, ela deve então abraçá-lo, dirigindo a ele palavras ásperas e de reprovação, mas demonstrando ao mesmo tempo um amoroso desejo por sexo.

Quando uma mulher está na própria casa e briga com o amante, deve ir até ele, mostrar o quanto está furiosa e deixá-lo. Depois disso, tendo o cidadão enviado o *Vita*, o *Vidushaka* ou o *Pithamarda*[47] para acalmá-la, ela deve acompanhá-los de volta à casa e passar a noite com o amante.

Isso encerra as brigas de amor.

Para concluir:

O homem, usando os 64 meios mencionados por Babhravya, alcança o seu objetivo e desfruta a mulher de primeira qualidade. Embora ele possa falar bem sobre outros assuntos, não conquistará respeito na assembleia dos sábios se não dominar os 64 capítulos. O homem desprovido de outros conhecimentos, mas familiarizado com as 64 seções, torna-se um líder em qualquer sociedade de homens e mulheres. Que homem não respeitará os 64

47. As características desses personagens já foram explicadas na parte I, capítulo 4, página 41.

capítulos,[48] considerando que eles são respeitados pelos sábios, pelos letrados e pelas cortesãs? Os 64 capítulos são chamados pelos *Acharyas* de "queridos pelas mulheres", porque são respeitados, sedutores e somam qualidades aos talentos das mulheres. Um homem versado nos 64 capítulos é visto com amor pela própria esposa, pelas esposas dos outros e pelas cortesãs.

FIM DA PARTE II

48. Uma definição das 64 partes, ou seções, é dada no capítulo 2, página 63.

PARTE III

Sobre a aquisição de uma esposa

Capítulo 1

Sobre o casamento

Quando uma moça de determinada casta, e virgem, casa-se de acordo com os mandamentos da Sagrada Escritura, os resultados dessa união são: a aquisição de *Dharma* e *Artha*, descendência, afinidade, aumento do número de amigos e um amor imaculado. Por esse motivo, o homem deve dirigir a sua afeição a uma moça de boa família, cujos pais estejam vivos e que seja três anos mais nova do que ele ou mais. Ela deve ter nascido em uma família altamente respeitável, que tenha riqueza, seja bem relacionada e com muitos parentes e amigos. Ela também deve ser bonita, de boa disposição, com marcas de boa sorte no corpo e com bom cabelo, unhas, dentes, olhos e seios. Nenhuma dessas características deve ser maior ou menor do que o devido, e nenhuma deve estar completamente ausente, nem prejudicada por um corpo doente. O homem também deve, certamente, possuir ele próprio essas mesmas qualidades. Em qualquer caso, diz Ghotakamukha, a moça que já se deitou com outros (ou seja, que não é mais uma donzela) nunca deve ser amada, pois seria reprovável.

Para realizar um casamento com uma moça como a descrita, os pais e familiares do homem devem esforçar-se, e também os amigos de ambos podem ser chamados a ajudar. Os amigos podem notificar os pais da moça sobre as faltas, presentes e futuras, de todos os outros homens que desejam casar-se com ela, e devem, ao mesmo tempo, enaltecer até o exagero as excelências, ancestrais e paternais, do seu amigo, de modo a valorizá-lo diante deles, e particularmente diante daqueles que são apreciados pela mãe da jovem. Um dos amigos também pode disfarçar-se de astrólogo e predizer a futura boa sorte e riqueza do seu amigo, mostrando os bons presságios[49] e sinais,[50] a boa influência dos planetas e a auspiciosa entrada do sol num determinado signo do zodíaco, estrelas propícias e as marcas de sorte no corpo dele. Outros podem ainda incitar a inveja da mãe da moça contando a ela que o seu amigo pode encontrar no quarteirão seguinte uma pretendente ainda melhor que a filha dela.

A jovem deve ser tomada como esposa, e também dada em casamento, quando a sorte, os sinais, presságios e palavras[51] dos outros são favoráveis, já que, como diz Ghotakamukha, o homem não deve casar-se em um momento qualquer. A jovem que estiver adormecida, chorando ou fora de casa quando pedida em casamento ou que esteja noiva de outro não deve casar-se. As seguintes moças também devem ser evitadas:

Uma que seja mantida escondida.
Uma que tenha um nome que soe mal.
Uma que tenha uma depressão no nariz.

---

49. Quando um gaio azul passa voando do lado esquerdo de uma pessoa que está dando início a alguma coisa, isso é considerado um bom presságio. A aparição de um gato diante de alguém nessa ocasião é considerada um mau presságio. Há muitos presságios do mesmo tipo.

50. Como o palpitar do olho direito dos homens e do olho esquerdo das mulheres.

51. Antes de iniciar qualquer coisa, é costume ir cedo, pela manhã, à casa de um vizinho e tentar ouvir as primeiras palavras ditas pela família. O teor das palavras – de fundo bom ou mau – dará uma ideia do futuro sucesso ou fracasso do plano.

Uma que tenha as narinas viradas para cima.
Uma que tenha corpo de homem.
Uma que seja curvada.
Uma que tenha as coxas tortas.
Uma que tenha a testa protuberante.
Uma que seja careca.
Uma que não aprecie a pureza.
Uma que tenha sido contaminada por outro.
Uma que seja vítima de Gulma[52].
Uma que seja desfigurada.
Uma que tenha atingido plenamente a puberdade.
Uma que seja amiga.
Uma que seja a irmã caçula.
Uma que seja Varshakari[53].

Da mesma forma, a moça cujo nome seja igual ao de uma das 27 estrelas, ou ao de uma árvore ou ao de um rio é considerada sem valor, como também a moça cujo nome termine em "r" ou "l". Mas alguns autores dizem que a prosperidade é conquistada apenas quando o homem casa-se com uma jovem a quem se sente ligado, e que não deve casar-se com nenhuma outra além da amada.

Quando a moça torna-se apta para o casamento, os seus pais devem vesti-la de maneira sábia, e expô-la onde possa ser vista por todos. Todas as tardes, tendo-a vestido e adornado de maneira conveniente, eles devem enviá-la, em companhia de suas amigas, para assistir a jogos, sacrifícios e cerimônias de casamento e mostrar a ela como se promover, porque ela é como uma mercadoria. Eles também devem receber com palavras gentis e gestos de cordialidade os homens de aparência favorável

52. Uma doença definida pelo aumento glandular em qualquer parte do corpo.

53. Uma mulher cujas palmas das mãos e solas dos pés estejam constantemente transpirando.

que venham acompanhados de seus amigos e parentes com o propósito de casar com a sua filha, e sob um pretexto ou outro, tendo-a vestido de maneira conveniente, devem então apresentá-la a tais pessoas. Depois disso, devem aguardar a visita da sorte, e com esse objetivo devem marcar um dia no futuro no qual será tomada uma decisão sobre o casamento de sua filha. No dia marcado, quando as pessoas chegarem, os pais da jovem devem convidá-las a banhar-se e a jantar e devem dizer: "Tudo se dará no momento adequado", e não devem, nesse momento, concordar com o pedido, deixando o assunto para mais tarde.

Quando a moça é adquirida de acordo com o costume da região, ou de acordo com o próprio desejo, o homem deve casar-se com ela seguindo os preceitos da Sagrada Escritura, realizando um dos quatro tipos de casamento.

Isso encerra o tema do casamento.

Há os seguintes versos sobre o assunto:

"O entretenimento em sociedade, como a atividade de completar os versos iniciados por outros, os casamentos e as cerimônias auspiciosas devem ser compartilhados com os nossos iguais, e não com superiores ou inferiores. Uma ligação é considerada superior quando um homem, depois de casar-se com uma jovem, deve servir a ela e a seus parentes como se fosse um criado, e esse tipo de ligação é censurada pelos homens de bem. Por outro lado, a ligação reprovável em que um homem, junto com seus parentes, manda em sua mulher, é conhecida pelos sábios como ligação inferior. Mas quando ambos, homem e mulher, oferecem prazer um ao outro, e os pais deles respeitam ambos os lados, isso constitui uma ligação apropriada. Portanto, o homem não deve contratar nem uma ligação superior, pela qual ele será obrigado a curvar-se diante dos parentes, nem uma inferior, que é universalmente censurada".

Capítulo 2

Sobre como infundir segurança na jovem esposa

Nos três dias seguintes ao casamento, a jovem e seu marido devem dormir no chão, abster-se dos prazeres sexuais e comer seu alimento sem temperá-lo com produtos alcalinos nem com sal. Pelos sete dias seguintes, devem banhar-se ao som de instrumentos musicais auspiciosos, devem adornar-se, jantar juntos e dar atenção a seus familiares e aos que vieram testemunhar seu casamento. Isso se aplica a pessoas de todas as castas. Na noite do décimo dia, em local solitário, o homem deve dar o primeiro passo com palavras gentis, a fim de inspirar segurança na jovem. Alguns autores dizem que, com o propósito de conquistá-la, ele não lhe deve dirigir a palavra durante três dias, mas os seguidores de Babhravya acham que, se o homem não falar com ela por três dias, a jovem se desencorajará ao vê-lo desprovido de espírito como um poste, e, desanimada, pode vir a desprezá-lo como a um eunuco. Vatsyayana diz que o homem deve começar a conquistá-la e a criar segurança nela, mas deve abster-se no princípio dos prazeres sexuais. Sendo de natureza delicada, as mulheres desejam começos delicados, e, quando são aproximadas à força de homens sobre os quais têm pouco conhecimento, elas algumas vezes passam subitamente a odiar as relações sexuais, algumas vezes até odiando os homens. O homem deve por isso aproximar-se da jovem prestando atenção ao ritmo dela e deve usar as estratégias por meio das quais ele conseguirá ser, gradualmente, objeto da sua confiança. Essas estratégias são:

Ele deve abraçá-la primeiro da maneira que a agrade mais, porque isso não dura muito tempo.

Ele deve abraçá-la com a parte superior do corpo, porque é mais simples e fácil. Se a jovem for adulta, ou se o homem já a conhece há algum tempo, ele pode abraçá-la sob a luz de uma lâmpada, mas, se ele não for bem conhecido dela, ou se ela for muito jovem, ele deve abraçá-la no escuro.

Quando aceitar o abraço, o homem deve colocar na sua boca uma *tambula*, ou uma espiral de noz e de folhas de bétele, e, se ela não aceitar, ele deve induzi-la a fazê-lo com palavras persuasivas, súplicas, juramentos e ajoelhando-se aos seus pés, já que a regra universal diz que, não importa o quão tímida ou furiosa a mulher, ela nunca ficará indiferente a um homem ajoelhado a seus pés. No momento de dar a ela essa *tambula*, ele deve beijar-lhe a boca suave e elegantemente, sem produzir nenhum som. Quando isso tiver ocorrido, ele deve então fazê-la falar, e para induzi-la ele deve perguntar a ela sobre coisas que ele desconheça ou finja desconhecer, e que possam ser respondidas com poucas palavras. Se ela não falar com ele, ele não deve amedrontá-la, mas deve perguntar-lhe a mesma coisa uma e outra vez, de modo pacífico. Se ela continuar sem falar, ele deve exigir que ela responda, porque, como diz Gotakamukha, "todas as moças ouvem tudo o que é dito a elas pelos homens, mas algumas vezes não dizem uma só palavra". Quando se sentir importunada, a jovem deve dar respostas sacudindo a cabeça, mas se ela tiver discutido com o homem, ela não deve fazer nem mesmo isso. Quando o homem perguntar-lhe se ela o deseja, se gosta dele, ela deve permanecer em silêncio por um longo tempo e, quando finalmente ouvir a exigência de uma réplica, deve dar a ele uma resposta positiva com um assentimento de cabeça. Se o homem já conhece a jovem, ele deve conversar com ela por intermédio de uma amiga, que deve ser favorável a ele e da confiança de ambos e que conduzirá o diálogo dos dois. Nessa ocasião, a jovem deve sorrir com a cabeça baixa, e, se a amiga disser mais em seu nome do que ela desejava que fosse dito, deve adverti-la e repreendê-la. A amiga deve dizer, em tom de gracejo, o que a jovem não desejava que dissesse e acrescentar: "Ela disse isso". E a jovem deve dizer, de modo gracioso e um tanto confuso: "Oh, não! Eu não disse isso". E ela deve então sorrir e dirigir um olhar casual ao homem.

Se a jovem estiver familiarizada com o homem, ela deve deixar perto dele, sem dizer nada, a *tambula*, a pomada ou a guirlanda que ele tenha pedido, ou ela pode atá-los à parte superior de seu vestuário. Enquanto ela fizer isso, o homem pode tocar seus seios fazendo o som do "beliscão com as unhas" e, se ela o impedir, ele deve dizer a ela: "Não farei de novo se você me abraçar", fazendo, dessa forma, com que ela o abrace. Enquanto ele estiver sendo abraçado, ele deve passar a mão repetidamente sobre o corpo dela. Aos poucos, ele deve fazer com que sente no seu colo e tentar ganhar o seu consentimento aos poucos. Se ela não se render, ele deve amedrontá-la dizendo: "Deixarei as marcas de meus dentes e unhas nos seus lábios e seios, e então farei marcas similares no meu corpo, dizendo que você as fez. O que dirá, então?". Dessa e de outras maneiras, do mesmo modo que o medo e a segurança são criados na cabeça das crianças, deve o homem conquistá-la para que realize seus desejos.

Na segunda e na terceira noites, depois que a segurança dela aumentar um pouco mais, ele deve sentir todo o corpo dela com as mãos e beijá-la inteira. Ele deve também colocar as mãos nas suas coxas e ensaboá-las e, se tiver sucesso nisso, deve então ensaboar os seus quadris. Se ela tentar evitar que ele faça isso, deve dizer a ela: "Que mal há em fazer isso?", e deve persuadi-la a deixar que ele o faça. Depois de vencer nesse ponto, ele deve tocar as partes íntimas dela, soltar o seu cinto e o nó do vestido e, afastando a parte de baixo de sua roupa, ensaboar os quadris desnudos. Ele deve fazer essas coisas utilizando-se de vários pretextos, mas não deve naquele momento dar início a uma união sexual. Depois disso ele deve ensinar-lhe as 64 artes, deve dizer o quanto a ama e descrever-lhe os sonhos que tinha com ela. Ele deve também prometer-lhe fidelidade e deve dissipar todos os seus medos a respeito de rivais; por último, depois de haver vencido a sua timidez, ele deve começar a possuí-la de maneira que não a amedronte. Isso é o que deve ser feito para inspirar segurança na jovem esposa, e há alguns versos sobre o tema:

"O homem que age de acordo com as tendências da moça deve tentar conquistá-la para que ela o ame e deposite confiança nele. O homem não tem sucesso se seguir tacitamente o desejo da jovem ou se a contrariar. Ele deve adotar uma estratégia intermediária. O homem que sabe fazer-se amado pelas mulheres e sabe elevar a sua honra e criar segurança torna-se objeto do seu amor. Mas o que negligencia a jovem, julgando-a demasiado tímida, é desprezado por ela como um animal indiferente ao funcionamento da mente feminina. Além disso, a jovem tomada à força por um homem que não entende o coração feminino torna-se nervosa, receosa e prostrada e repentinamente começa a odiar o homem que se aproveitou dela. E, quando seu amor não é entendido ou correspondido, ela afunda no desânimo e passa ou a odiar a humanidade como um todo ou, odiando o próprio homem, ela estende o ódio a todos os homens".

Capítulo 3

Sobre a corte e a manifestação dos sentimentos por sinais externos e ações

O homem pobre detentor de boas qualidades, o nascido de uma família humilde dotado de qualidades medíocres, o vizinho dono de riquezas e o que vive controlado pelo seu pai, mãe ou irmãos não devem casar-se sem antes se esforçar, desde a infância da moça, em fazê-la amá-lo e estimá-lo. Assim, o rapaz separado dos pais e vivendo na casa do tio deve tentar conquistar a filha do tio, ou outra moça, mesmo que ela esteja prometida a outro. E essa forma de conquistar uma moça, diz Ghotakamukha, é irrepreensível, porque o *Dharma* pode ser alcançado dessa forma, assim como por meio de qualquer outro tipo de casamento.

Quando o rapaz começa a cortejar a moça que ama, ele deve passar o tempo com ela e diverti-la com vários jogos e entretenimentos adequados à sua idade e conhecimento, como escolher e colher flores, fazer guirlandas, desempenhar os papéis de integrantes de uma família fictícia, cozinhar, jogar dados, jogar cartas, par ou ímpar, o jogo de encontrar o dedo médio, o jogo dos seis seixos e outros jogos que possam ser comuns na província e agradáveis para a moça. Além disso, ele deve promover jogos divertidos com muitos participantes, como esconde-esconde, jogos com sementes, esconder coisas em pequenos montes de trigo e procurá-los, pega-pega, exercícios de ginástica e outros jogos da mesma espécie em companhia da moça, seus amigos e criadas. O homem também deve demonstrar grande gentileza com mulheres que a moça julgue serem de confiança e também deve fazer novas amizades, mas, acima de tudo, ele deve aproximar-se, por meio de gentileza e de pequenos favores, da filha da ama da moça, com o propósito de trazê-la para o seu lado. Mesmo que ela saiba dos seus planos, ela não os obstruirá e será em alguns momentos até mesmo capaz de concretizar a união entre ele e a moça. E, conhecendo o verdadeiro caráter do rapaz, ela sempre falará das suas excelentes qualidades para os pais e parentes da moça, mesmo que ele não deseje que ela o faça.

Dessa maneira, o homem deve fazer aquilo que proporcionar mais prazer à moça, dar-lhe tudo o que ela tiver o desejo de possuir. Por isso, deve obter-lhe brinquedos pouco conhecidos de outras moças. Também pode mostrar-lhe uma bola tingida com várias cores e outras curiosidades. Deve dar a ela bonecas fabricadas com tecido, madeira, chifre de búfalo, marfim, cera, farinha ou terra. Também utensílios de cozinha e imagens em madeira, como um homem e uma mulher em pé ou um par de carneiros, cabras ou ovelhas; templos feitos de terra, bambu ou madeira, dedicados a várias deusas; gaiolas para papagaios, cucos, estorninhos, codornas, galos e perdizes; vasilhas de água de diferentes tipos e de formas elegantes, máquinas de aspergir água, violões, suportes para imagens, banquetas, laca, arsênico vermelho, pomada amarela, *vermilion*[54] e colírio, assim como madeira de sândalo, açafrão, nozes e folhas de bétele. Tais presentes devem ser ofertados em momentos distintos, quando ele tiver uma oportunidade de vê-la, e alguns devem ser oferecidos em segredo e outros em público, de acordo com as circunstâncias. Em resumo, ele deve tentar de todas as

54. Pigmento vermelho. (N.T.)

maneiras fazer com que ela o veja como o homem que fará por ela tudo o que desejar.

A seguir, ele deve fazer com que ela o encontre em local reservado e então deve revelar que a razão de lhe haver dado presentes secretamente era o medo de desagradar aos pais de ambos, acrescentando que as coisas que lhe deu haviam sido objeto de desejo de muitas outras pessoas. Quando o amor dela começar a mostrar sinais de crescimento, ele deve contar-lhe histórias agradáveis, desde que ela expresse o desejo de ouvir tais narrativas. Se ela apreciar a prestidigitação, ele deve impressioná-la com vários truques de mágica. Se ela tiver curiosidade de assistir à exibição das artes, ele deve mostrar a sua própria habilidade nelas. Quando ela se delicia cantando, ele deve entretê-la com a sua música e, em determinados dias, e no momento de irem juntos a feiras e festivais noturnos, e no momento do seu retorno quando ela se afastou de casa, ele deve presenteá-la com buquês de flores e com grinaldas para a cabeça e com brincos e anéis, já que essas são as ocasiões apropriadas para tais presentes.

Ele deve também ensinar à filha da ama da moça todas as 64 formas de prazer praticadas pelos homens, e sob esse pretexto deve informá-la sobre a sua grande habilidade na arte do prazer sexual. Nesses momentos ele deve vestir uma roupa fina e ter a melhor aparência possível, já que as mulheres jovens apreciam que os homens que as rodeiam sejam elegantes, bonitos e bem-vestidos. Quanto à crença de que, mesmo apaixonadas, as mulheres ainda assim não farão nenhum esforço para conquistar o objeto de sua afeição, isso é apenas conversa fiada.

A moça sempre demonstra o seu amor com sinais e ações como os seguintes: ela nunca olha o homem de frente, e fica acanhada quando é olhada por ele. Sob um pretexto ou outro, ela lhe mostra braços ou pernas. Ela o olha secretamente, mesmo que ele tenha se afastado. Ela baixa a cabeça quando alguém lhe pergunta algo sobre ele, respondendo com palavras incompreensíveis e frases incompletas. Ela se alegra de estar na sua companhia por longos períodos. Ela fala com suas criadas num tom peculiar, com a esperança de atrair a atenção dele quando ele está longe. Não deseja partir do local onde ele se encontra. Sob um pretexto ou outro, faz com que ele olhe para diferentes coisas. Narra lendas e histórias muito lentamente, para prolongar a conversa. Beija e abraça, diante dele, uma criança sentada em seu colo. Desenha marcas ornamentais na testa de suas criadas. Faz movimentos joviais e graciosos quando suas criadas fazem gracejos na presença de seu amado. Confia nos amigos do amado, e demonstra-lhes respeito e obediência. Mostra gentileza com os criados dele, dirige-lhes a palavra e faz com que eles realizem o trabalho como se ela fosse a sua patroa, ouvindo-os atentamente quando contam histórias sobre o seu amado. Entra na casa dele quando for induzida a isso pela filha de sua ama, e com a ajuda dela trata de conversar e brincar com ele. Evita que o amado a veja quando não está vestida e enfeitada. Dá a ele, por meio da mão de sua amiga, o seu brinco, anel ou guirlanda de flores que ele tenha pedido para ver. Usa sempre as coisas que ele lhe tenha dado de presente. Fica aflita quando qualquer outro pretendente é mencionado pelos seus pais e não se mistura com aqueles que o defendem ou que tomam o partido dele.

Há também alguns versos sobre esse tema:

"O homem que tenha percebido os sentimentos de uma moça a seu respeito e que tenha notado os sinais e ações que expressem esses sentimentos deve fazer tudo a seu alcance para unir-se com ela. Ele deve conquistar a menina usando esportes infantis, a mocinha por meio de sua habilidade com as artes, e a moça que o ama usando a ajuda de pessoas em quem ela confia".

Capítulo 4

Sobre coisas que só podem ser feitas pelo homem e a conquista da moça por meio delas. Também sobre o que deve ser feito pela moça para conquistar o homem e dominá-lo

Quando a moça começa a mostrar o seu amor por meio de atitudes e movimentos, como foi descrito no capítulo anterior, o amante deve tentar completar a conquista de vários modos e formas, como os seguintes:

Quando estiver participando com ela de algum esporte ou jogo, deve propositadamente segurar-lhe a mão. Deve praticar com ela vários tipos de abraços, como o abraço de contato e outros descritos num capítulo anterior (Parte II, capítulo 2). Ele deve mostrar-lhe a silhueta de um casal de figuras humanas recortado numa folha de árvore e coisas como essas, a certos intervalos. Quando estiverem praticando esportes aquáticos, ele deve mergulhar a uma certa distância e emergir perto dela. Deve demonstrar apreço crescente pelos novos brotos nas árvores, e coisas semelhantes. Deve descrever-lhe os sofrimentos que padece por sua causa. Deve relatar o belo sonho que teve com outras mulheres. Em festas e assembleias de sua casta, deve sentar-se perto dela e tocá-la sob algum pretexto, e, tendo descansado seus pés sobre os dela, deve tocar lentamente cada um dos seus dedos e pressionar-lhe a ponta das unhas. Se tiver sucesso nisso, deve tomar os pés dela entre as suas mãos e repetir a massagem. Ele deve também pressionar um dedo da mão dela entre seus dedos do pé quando ela estiver lavando os pés dele. Todas as vezes que presenteá-la ou que receber algo dela, deve demonstrar, pelo seu jeito e semblante, o quanto a ama.

Deve borrifar sobre ela a água trazida para que ele lave a boca. Quando estiverem sozinhos em um local solitário, ou no escuro, ele deve fazer amor com ela e contar-lhe como verdadeiramente se sente, sem assustá-la de nenhuma forma.

Ao sentarem-se na mesma poltrona ou cama, ele deve dizer: "Tenho algo a lhe dizer em particular". E, quando ela vier ouvi-lo em um local calmo, deve dizer que a ama, mais pelo seu jeito e pelos sinais do que usando palavras. Quando souber dos sentimentos dela por ele, deve fingir-se doente, para fazê-la vir até a sua casa e falar-lhe. Então, ele deve segurar a mão dela e colocá-la sobre seus olhos e fronte e, sob o pretexto de preparar-lhe um remédio, deve pedir a ela que faça o trabalho para o bem dele, usando as seguintes palavras: "Esse remédio deve ser feito por você e mais ninguém". Quando ela quiser ir embora, ele deve deixá-la partir, com um veemente pedido de que retorne para vê-lo. O artifício da doença deve durar por três dias e três noites. Depois disso, quando ela começar a vir vê-lo com frequência, ele deve conversar longamente com ela, já que, como diz Ghotakamukha, "embora um homem ame muito uma mulher, ele nunca conseguirá conquistá-la sem um grande investimento no diálogo". Enfim, quando o homem achar que a jovem está completamente seduzida, ele então começa a desfrutá-la. Quanto ao que se diz sobre as mulheres, de que elas ficam menos tímidas que o normal ao anoitecer, à noite e no escuro, que têm desejo nesses momentos e não se opõem aos homens e que somente nesses momentos devem manter relações, isso é só conversa fiada.

Quando é impossível para o homem executar seu plano sozinho, ele deve, com a ajuda da filha da ama, ou de uma amiga em que ela confie, fazer com que a jovem seja trazida até ele sem que ela tenha conhecimento das suas intenções, e ele poderá então agir da maneira descrita anteriormente. Pode também, no começo, mandar a sua própria criada para viver com a moça como sua amiga e então conquistá-la com a sua ajuda.

Por fim, quando tiver certeza dos sentimentos dela pelo seu jeito de agir e pelo seu comportamento com ele em cerimônias religiosas, casamentos, feiras, festivais, peças de teatro, reuniões públicas e outras ocasiões similares, ele deve começar a desfrutá-la quando ela estiver sozinha, já que Vatsyayana afirma que as mulheres, quando procuradas no momento certo e nos locais certos, não se afastam de seus amantes.

Quando uma moça de boas qualidades e bem-educada, embora nascida em uma família humilde ou pobre, e por isso indesejada pelos seus iguais, ou uma órfã, ou uma moça afastada de seus pais mas que segue as regras de sua família e de sua casta, estiver na idade certa, ela pode desejar promover o próprio casamento. Ela deve esforçar-se para obter um rapaz forte e de boa aparência, ou uma pessoa que possa casar-se com ela por fraqueza de espírito ou mesmo sem o consentimento dos pais. Ela deve usar estratégias para que essa pessoa se apaixone por ela, procurando vê-lo e encontrá-lo frequentemente. A mãe dela também deve constantemente fazer com que eles se encontrem por intermédio de amigas e da filha da ama. A própria moça deve tentar ficar sozinha com o seu amado num local silencioso, e em momentos especiais deve oferecer-lhe flores, nozes de bétele, folhas de bétele e perfumes. Ela também deve demonstrar a ele as suas habilidades nas artes, em massagear e arranhar e beliscar com as unhas. Também deve conversar com ele sobre os assuntos que mais lhe agradem e discutir estratégias e caminhos para conquistar a afeição de uma moça.

Os antigos autores, no entanto, dizem que, embora a jovem ame muito o homem, ela nunca deve oferecer-se nem fazer os primeiros movimentos, já que a moça que assim procede perde a dignidade e pode ser desprezada e rejeitada. Mas quando o homem demonstra o seu desejo de desfrutá-la, ela deve ser favorável e não demonstrar nenhuma alteração no comportamento quando ele a abraça, recebendo todas as manifestações do seu amor como se desconhecesse os seus sentimentos. Quando ele tenta beijá-la, deve resistir. Quando ele implora para manter relações sexuais, ela deve permitir apenas que ele toque as suas partes íntimas, e com muita dificuldade. Mesmo assediada por ele, ela não deve render-se como se estivesse de acordo, mas deve resistir às suas tentativas de possuí-la. É só quando, mais do que tudo, ela estiver certa de estar sendo verdadeiramente amada e de que o seu amado lhe é devotado e não mudará seus sentimentos que ela deve então se entregar a ele e persuadi-lo a casar-se com ela rapidamente. Depois de perder a virgindade, ela deve contar a seus amigos mais íntimos sobre o ocorrido.

Assim terminam os esforços que a moça deve fazer para conquistar o homem.

Há também alguns versos sobre o tema:

"A moça que é muito assediada deve casar-se com o homem que lhe agrade e que ela acredite que lhe será obediente e capaz de dar-lhe prazer. Mas quando, pelo desejo de riqueza, os pais da moça casam-na com um homem rico sem levar em consideração o caráter e a aparência do pretendente, ou quando a oferecem em casamento a um homem que tem várias esposas, ela nunca se sentirá ligada ao noivo, mesmo que ele tenha boas qualidades, seja obediente, ativo, forte e saudável e esteja ansioso para satisfazê-la.[55] Um marido obediente mas senhor de si mesmo, ainda que pobre e feio, é melhor que um marido partilhado por várias esposas, mesmo que ele seja bonito e atraente. As mulheres de homens ricos, que têm várias esposas, em geral não são ligadas aos maridos e não têm confiança neles, e, mesmo que elas tenham acesso a todos os divertimentos aparentes da vida, ainda assim recorrem a outros homens. O homem pobre de espírito, que caiu da sua posição social e que tem o hábito de viajar muito, não merece casar-se, assim como aquele que tem muitas mulheres e filhos, que é devoto dos esportes e jogos de azar e que recorre à mulher somente quando quer. Entre todos os amantes de uma moça, só é o seu verdadeiro marido aquele que possuir as qualidades que lhe agradam, e esse marido desfruta de uma real superioridade junto a ela, porque ele é o marido do amor".

---

55. Há muita verdade nessas últimas observações. A mulher é um animal monógamo, e ama um só, gosta de sentir-se sozinha como objeto da afeição do homem e não suporta rivais. Também se pode adotar como regra geral que as mulheres casadas e mantidas por homens ricos os amam pela riqueza, e não por eles próprios.

Capítulo 5

Sobre certas formas de casamento

Quando uma jovem não pode encontrar o seu amado a sós com frequência, ela deve enviar a filha de sua ama até ele, desde que nela deposite confiança e que ela esteja do seu lado. Ao ver o homem, a filha da ama deve, durante a conversa, discorrer sobre a nobre ascendência, boa disposição, beleza, talento, habilidades, conhecimento da natureza humana e afetuosidade da moça, de maneira que ele não desconfie que ela foi enviada pela jovem, e deve dessa maneira fazer com que cresça a afeição dele por sua patroa. Ela também deve falar à moça sobre as excelentes qualidades do homem, especialmente aquelas que ela sabe que lhe agradarão. Ela deve, além disso, falar desencorajadoramente sobre os outros pretendentes da moça, sobre a avareza e indiscrição de seus pais e sobre a falta de lealdade de seus parentes. Deve também citar o exemplo de muitas jovens de tempos antigos, como Sakuntala e outras, que, unindo-se a amantes de sua própria casta e de sua própria escolha, foram eternamente felizes na sua união. Ela deve também falar sobre outras jovens que casaram com homens de grandes famílias e que, tendo problemas com as esposas rivais, acabaram desgraçadas e pobres, sendo por fim abandonadas. Deve ainda falar sobre boa sorte, felicidade constante, castidade, obediência e afeição do homem e, se a jovem com isso demonstrar-se amorosa em relação a ele, deve tratar de acalmar a sua vergonha[56]

56. Sobre isso, veja a história sobre as consequências fatais do amor na página 114 de *Early ideas: a group of Hindoo stories*, reunidas e editadas por Anaryan. W. H. Allen and Co., Londres, 1881.

e o seu medo, assim como as suas suspeitas sobre algum desastre que possa resultar do seu casamento. Em resumo, ela deve assumir o papel de mensageira, informando à moça tudo sobre a afeição do homem por ela, os locais que ele frequenta e os esforços que ele fez para encontrá-la, repetindo frequentemente: "Se ele a levar à força e inesperadamente, tudo ficará bem".

As formas de casamento

Quando a moça foi conquistada e age abertamente com o homem como sua esposa, ele deve fazer com que seja trazido fogo da casa de um brâmane e, tendo espalhado a erva *Kusha*[57] no chão e, oferecido um sacrifício ao fogo, ele deve casar-se com ela, seguindo os preceitos das leis religiosas. Depois disso, ele deve informar seus pais sobre o fato, porque os autores antigos acreditam que um matrimônio solenemente contraído na presença do fogo não pode ser dissolvido depois.

Após a consumação do casamento, os parentes do homem devem ser comunicados gradualmente do fato, e os parentes da moça também devem ser informados, de tal maneira que os levem a concordar com o casamento e fazer vistas grossas ao modo como foi realizado e, quando isso tenha sido feito, eles devem depois se reconciliar com presentes afetuosos e conduta favorável. Assim, o homem casa-se com a moça de acordo com a forma *Gandharva* de casamento.

Quando a moça não consegue decidir-se ou não expressa o sentimento de estar pronta para casar-se, o homem deve conquistá-la de uma das seguintes formas:

1. Na ocasião adequada e sob alguma desculpa, ele deve, com a ajuda de uma amiga a quem ele conheça bem,

57. Erva sagrada (*Poa cynosuroides*) usada em cerimônias religiosas. (N.T.)

em quem confie e que seja bem conhecida pela família da jovem, fazer com que a moça seja trazida de repente à sua casa; deve então trazer fogo da casa de um brâmane e proceder como descrito anteriormente.

2. Quando o casamento da moça com outra pessoa estiver próximo, o homem deve denegrir ao máximo o futuro marido aos olhos da mãe da jovem e, tendo feito, com o consentimento da mãe, com que a garota venha a uma casa vizinha, deve trazer fogo da casa de um brâmane e proceder como descrito anteriormente.

3. O homem deve tornar-se grande amigo do irmão da moça, sendo o irmão da sua mesma idade e adepto das cortesãs e de casos com esposas de outros homens, e deve ajudá-lo nessas coisas e também dar-lhe presentes ocasionais. Ele deve então falar-lhe sobre o grande amor que sente pela sua irmã e sobre como jovens homens sacrificam até mesmo a vida pelo bem dos que têm a mesma idade, hábitos e disposição. Depois disso, o homem deve fazer com que o irmão leve a jovem a um local seguro e, tendo trazido fogo da casa de um brâmane, deve proceder como descrito anteriormente.

4. O homem deve, durante um festival, fazer com que a filha da ama dê à moça uma substância embriagante e então fazer com que seja levada a um local seguro sob algum pretexto. Lá, tendo desfrutado dela antes que ela se recupere do efeito embriagante, deve trazer fogo da casa de um brâmane e proceder como descrito anteriormente.

5. O homem deve, com a conivência da filha da ama-seca, carregar a jovem de sua casa enquanto estiver adormecida e então, após desfrutá-la antes que ela desperte, deve trazer fogo da casa de um brâmane e proceder como descrito anteriormente.

6. Quando a moça for a um jardim ou a algum vilarejo nas vizinhanças, o homem deve, com os amigos, atacar os

seus guardas e, tendo-os matado ou assustado, levá-la à força e proceder como foi descrito anteriormente.

Há também alguns versos sobre esse tema:

"Em todas as formas de casamento explicadas, a anterior é sempre melhor que a seguinte, por estar mais de acordo com os mandamentos da religião; por isso, só quando a primeira for impossível de realizar é que se deve recorrer à próxima. Como o fruto dos bons casamentos é o amor, a forma *Gandharva*[58] de casamento é respeitada, mesmo que seja realizada em circunstâncias desfavoráveis, porque atinge os objetivos desejados. Outra causa do respeito despertado pela forma *Gandharva* de casamento é a de que traz futura felicidade, causa menos problemas do que as outras formas de casamento e, acima de tudo, é o resultado de um amor já existente".

FIM DA PARTE III

58. Sobre a forma *Gandharvavivaha* de casamento, veja nota na página 28 do livro do capitão R. F. Burton *Vickram and the vampire: or tales of hindu devilry*, Longmans, Green & Co., Londres, 1870. "Tal forma de matrimônio era reconhecida pelos hindus antigos e é frequente nos livros. É um tipo de casamento escocês – ultra-caledônio – realizado com consentimento mútuo sem qualquer forma de cerimônia. Os *Gandharva* são menestréis celestiais da corte de Indra, e supõe-se que atuem como testemunhas da união."

PARTE IV

Sobre a esposa

Capítulo 1

Sobre a forma de vida da mulher virtuosa e sobre seu comportamento durante a ausência do marido

A mulher virtuosa, que tem afeição pelo marido, deve agir conforme os desejos dele como se ele fosse um ser divino, e, com o seu consentimento, deve assumir os cuidados com toda a sua família. Ela deve manter a casa bem limpa, enfeitar os aposentos com flores de vários tipos e fazer com que o chão esteja liso e brilhante, de forma a dar a tudo uma aparência limpa e asseada. Ela deve cercar a casa com um jardim e deixar prontos nele todos os materiais necessários para os sacrifícios da manhã, do entardecer e da noite. Além disso, ela própria deve reverenciar o santuário dos deuses domésticos, já que, como diz Gonardiya, "nada atrai mais o coração de um chefe de família para sua mulher do que o cuidadoso seguimento das regras mencionadas".

Ela deve comportar-se em relação aos pais, parentes, amigos, irmãs e criados de seu marido conforme o seu merecimento. No jardim, deve plantar canteiros de vegetais verdes, braçadas de cana-de-açúcar e grupos de figueiras, mostarda, salsa, erva-doce e *xanthochymus pictorius.*[59] Devem ser cultivadas sebes de várias flores, como a *trapa bispinosa,*[60] o jasmim, o *jasminum grandiflorum,*[61] o amaranto amarelo, o jasmim selvagem, a *tabernamontana*

59. Árvore frutífera da família das garcínias, típica da Ásia. (N.T.)

60. Planta aquática perene. (N.T.)

61. Espécie de jasmim da Índia. (N.T.)

coronária,[62] a *nadyaworta*, a rosa chinesa e outras similares, junto com a grama fragrante *andropogon schaenanthus* e a raiz perfumada da planta *andropogon miricatus*. Ela também deve mandar fazer assentos e pérgolas para o jardim, no meio dos quais deve ser cavado um poço, tanque ou fonte.

A mulher também deve sempre evitar a companhia de mendigas, de budistas mendicantes, lascivas e vis, adivinhadoras e feiticeiras. No tocante às refeições, ela deve sempre considerar o que o marido gosta e não gosta, quais são as coisas boas para ele e o que lhe fará mal. Quando ela ouve o som dos seus passos voltando para casa, deve levantar-se rapidamente e estar pronta para fazer tudo o que ele ordenar e mandar que a sua criada lave os pés dele, ou fazê-lo ela própria. Ao acompanhar o marido a qualquer lugar, ela deve usar seus enfeites e não deve convidar nem aceitar convites sem o seu consentimento, presenciar casamentos ou sacrifícios, sentar na companhia de amigas nem visitar os templos dos deuses. Se ela quiser participar de qualquer tipo de jogo ou esporte, não deve fazê-lo contra a vontade dele. Da mesma forma, ela deve sentar-se sempre depois dele e levantar-se antes, e jamais deve acordá-lo quando estiver adormecido. A cozinha deve estar localizada em um local silencioso e distante, de modo que não permita o acesso de estranhos, e deve estar sempre limpa.

No caso de qualquer falta de conduta de parte do marido, ela não deve censurá-lo excessivamente, mesmo que esteja um pouco descontente. Não deve usar linguagem abusiva com ele, mas repreendê-lo com palavras conciliatórias, esteja ele em companhia de amigos ou sozinho. Além disso, não deve ser rabugenta, porque, diz Gonardiya, "não há causa de aversão maior de um marido em relação à esposa do que essa característica". Por último, ela deve evitar expressões vulgares, aparência

62. Espécie de jasmim da Índia. (N.T.)

irritada, falar de lado, ficar parada na porta olhando para os que passam, conversar nas aleias dos jardins e permanecer em um local solitário por muito tempo. Por último, deve manter sempre seu corpo, dentes, cabelo e tudo o que pertença a ela arrumados, doces e limpos.

Quando a mulher deseja aproximar-se do marido a sós, a sua roupa deve consistir de muitos ornamentos, vários tipos de flores e um tecido decorado com diferentes cores, usando óleos e unguentos de aroma adocicado. Mas a sua vestimenta diária deve ser composta de um tecido fino e de trama fechada, alguns enfeites e flores e um pouco de perfume, não muito. Ela também deve seguir o cumprimento do jejum e das promessas feitas pelo marido e, quando ele tentar evitar que ela o faça, deve persuadi-lo a deixá-la fazer.

Em períodos adequados do ano, e quando esses artigos estiverem baratos, ela deve comprar terra, bambus, lenha, peles e potes de ferro e também sal e óleo. Substâncias aromáticas, vasilhames da fruta da planta antidisentérica *wrightea*, ou da *wrightea* de folhas ovais, remédios e outras coisas que são sempre desejadas devem sempre ser obtidas quando necessário e mantidas em um local secreto da casa. As sementes de rábano, batata, beterraba, absinto indiano, manga, pepino, berinjela, *kushmanda,*[63] abóbora, *surana, bignonia indica,*[64] madeira de sândalo, *premna spinosa,*[65] alho, cebolas e outros vegetais devem ser compradas e semeadas nas estações apropriadas.

A mulher, mais do que tudo, não deve contar a estranhos sobre sua fortuna, nem os segredos que seu marido lhe confidenciou. Ela deve superar todas as mulheres do seu mesmo nível em inteligência, aparência, conhecimento culinário, orgulho e modo de servir o marido. Os gastos

63. *Benincasa híspida.* (N.T.)

64. Árvore cuja madeira é usada para fazer esculturas. (N.T.)

65. Árvore pequena cuja madeira é usada para, com o atrito, produzir fogo. (N.T.)

anuais devem ser regulados pelos ganhos. O leite que sobra após as refeições deve ser transformado em *ghee*, ou manteiga clarificada. Óleo e açúcar devem ser preparados em casa, assim como a fiação e a tecelagem. Deve-se manter um estoque de cordas e cordões, assim como de cascas de árvores, para que sejam torcidas e transformadas em cordas. Ela também deve prestar atenção à trituração e limpeza do arroz, usando de alguma forma os pequenos grãos e a palha. Ela deve pagar o salário dos criados, cuidar do cultivo dos campos e da manutenção dos rebanhos, supervisionar a fabricação dos veículos e cuidar dos carneiros, galos, codornas, papagaios, estorninhos, cucos, pavões, macacos e cervos. Por último, deve conferir os ganhos e os gastos do dia. As roupas já gastas devem ser dadas aos criados que fizeram um bom trabalho, de maneira a mostrar que os serviços foram apreciados, ou devem ser aplicadas para algum outro uso. Os vasilhames nos quais o vinho é preparado, assim como os que o contêm, devem ser cuidadosamente mantidos e jogados fora no momento adequado. Ela também deve ocupar-se de todas as compras e vendas. Deve receber todos os amigos do marido presenteando-os com flores, pomada, incenso e folhas e nozes de bétele. Ela deve tratar o sogro e a sogra como eles merecem, sempre pendente de seus desejos, sem nunca contradizê-los, falando-lhes com poucas palavras, que nunca serão rudes, jamais rindo alto na sua presença e comportando-se com os seus amigos e inimigos como se fossem os seus próprios. Além disso, ela não deve ser vaidosa nem muito dedicada a diversões. Ela também deve ser generosa em relação aos seus criados, e recompensá-los nos feriados e festivais, sem jamais dar alguma coisa sem comunicar ao seu marido.

Isso encerra as observações sobre a forma de vida da mulher virtuosa.

Durante a ausência do marido numa viagem, a mulher virtuosa deve vestir apenas enfeites de bom augúrio e cumprir o jejum em honra aos deuses. Mesmo ansiosa por notícias do marido, ela deve ainda assim cuidar dos deveres domésticos. Deve dormir próximo às mulheres mais velhas da casa e ser-lhe agradável. Ela deve cuidar e reparar as coisas das quais o marido mais gosta e dar seguimento aos trabalhos que tenham sido começados por ele. Não deve ir à casa de seus parentes, exceto em ocasiões de alegria ou luto, e, nesses momentos, deve ir usando sua vestimenta normal de viagem, acompanhada pelos criados do marido, permanecendo lá por pouco tempo. Ela deve cumprir os jejuns e banquetes com o consentimento dos mais velhos da casa. Os recursos financeiros podem ser aumentados por compras e vendas, de acordo com a prática dos mercadores, e com o trabalho de criados honestos, supervisionados por ela própria. Os ganhos devem ser aumentados, e os gastos, reduzidos ao mínimo possível. Quando o marido retornar da viagem, ela deve recebê-lo a princípio usando suas roupas comuns, para que ele saiba de que modo ela viveu durante a sua ausência, e deve oferecer-lhe alguns presentes e também objetos para a adoração das divindades.

Isso termina a parte relacionada com o comportamento da mulher durante a ausência do marido em viagem.

Também há alguns versos sobre o tema:

"A mulher, seja ela de família nobre, uma viúva virgem[66] casada pela segunda vez ou uma concubina, deve manter uma vida casta e devotada ao marido e fazer tudo para o seu bem-estar. As mulheres que agem assim adquirem *Dharma*, *Artha* e *Kama*, conquistam alta posição e geralmente mantêm seus maridos devotados a elas".

---

66. Isso provavelmente se refere a uma moça casada na infância, ou ainda muito jovem, cujo marido morreu antes que ela chegasse à puberdade. Os casamentos infantis ainda são um costume entre os hindus.

Capítulo 2

Sobre a conduta da esposa mais velha com as outras esposas de seu marido, e sobre a conduta da esposa mais jovem para com as mais velhas. Também sobre a conduta de uma viúva virgem casada outra vez. Sobre a esposa malquista pelo marido. Sobre as esposas no harém do rei. E, finalmente, sobre a conduta do marido com as diversas esposas

Os motivos para um novo casamento durante a vida de uma mulher são os seguintes:

1. O temperamento leviano ou pernicioso da mulher.
2. A aversão do marido por ela.
3. O desejo de ter filhos.
4. O nascimento contínuo de filhas.
5. A incontinência do marido.

Desde o começo, uma mulher deve empenhar-se em ganhar o coração do marido, mostrando-lhe permanentemente a sua devoção, seu bom temperamento e sua sabedoria. Se, no entanto, ela não der a ele nenhum filho, ela própria deve dizer-lhe que se case com outra mulher. Quando a segunda esposa for trazida para a casa, a primeira esposa deve dar a ela uma posição superior à própria e cuidar dela como de uma irmã. Pela manhã, a esposa mais velha deve obrigar a mais jovem a enfeitar-se na presença do marido, sem importar-se que todos os favores do marido se dirijam à outra. Se a esposa mais jovem fizer alguma coisa que deixe o marido descontente, a mais velha não deve abandoná-la, e deve estar sempre pronta para aconselhá-la e ensiná-la a fazer várias coisas na presença do marido. Deve tratar os filhos da outra como se fossem seus, os seus criados devem ser mais considerados do que os seus próprios; ela deve entreter os amigos da nova esposa com amor e gentileza e os seus parentes, com grande honra.

Quando há muitas esposas além dela, a mais velha deve associar-se à que está imediatamente abaixo dela em posição e idade e instigar a esposa que tenha desfrutado recentemente os favores do marido a discutir com a atual favorita. Depois disso, deve compadecer-se da antiga e, tendo reunido todas as esposas, deve induzi-las a delatar a favorita como uma mulher conspiradora e mal-intencionada, sem fazê-lo ela própria. Se a favorita discutir com o marido, então a mais velha deve ficar do lado dela e oferecer-lhe um falso encorajamento, assim fazendo com que a discussão aumente. Se houver apenas uma pequena briga entre os dois, a esposa mais velha deve fazer tudo ao seu alcance para transformá-la num grande desentendimento. Mas se, depois disso, ela perceber que o marido continua amando a esposa favorita, ela deve então mudar as suas táticas, e esforçar-se para promover uma reconciliação entre eles, a fim de evitar o aborrecimento do marido.

Assim terminam as observações sobre a conduta da esposa mais velha.

A esposa mais nova deve dirigir-se à esposa mais velha de seu marido como faria à sua mãe e não deve oferecer nada, nem mesmo a seus parentes, sem o conhecimento dela. Ela deve dizer à esposa mais velha tudo sobre si e não deve aproximar-se do marido sem a sua permissão. Tudo o que for dito a ela pela esposa mais velha não deve ser revelado a outros, e ela deve cuidar das crianças das mais velhas como se fossem suas. Quando estiver sozinha com o marido, ela deve servi-lo bem, mas não deve falar a ele sobre a dor de que padece por causa da esposa rival. Ela também pode obter secretamente do marido algumas marcas do seu respeito por ela e dizer-lhe que vive somente para ele e para o respeito que ele tem por ela. Não deve nunca revelar o seu amor pelo marido nem o amor do marido por ela a nenhuma pessoa, tanto com orgulho como com raiva, já que a esposa que revela os segredos do marido é desprezada por ele. Quanto à tentativa de obter o respeito do marido, diz Gonardiya, isso deve ser feito a sós, por medo da esposa mais velha. Se a esposa mais velha for rejeitada pelo marido ou não tiver filhos, ela deve ser solidária a ela e deve pedir ao marido que faça o mesmo, mas deve superá-la na tarefa de levar a vida de uma mulher virtuosa.

Assim terminam as observações sobre a conduta da esposa mais nova em relação à mais velha.

Uma viúva pobre ou fraca que se liga a um homem é chamada de viúva casada outra vez.

Os seguidores de Babhravya dizem que uma viúva virgem não deve casar-se com uma pessoa a quem ela possa ser obrigada a deixar por causa do seu mau-caráter, ou que seja destituída das excelentes qualidades masculinas, sendo então obrigada a pedir ajuda a outra pessoa. Gonardya é da opinião que o motivo que leva uma viúva a se casar de novo é o seu desejo por felicidade, e já que a felicidade é assegurada por um marido dotado de excelentes qualidades, é melhor portanto assegurar-se em primeiro lugar de que ele é uma pessoa favorecida por essas qualidades. Vatsyayana, no entanto, julga que uma viúva pode casar-se com qualquer um de quem goste e que lhe pareça adequado.

Na ocasião do casamento, a viúva deve obter do marido o dinheiro para pagar o custo de festas e piqueniques com os parentes dela e o dinheiro para dar a eles e a seus amigos lembranças e presentes generosos. Ela também pode pagar essas coisas, se quiser. Da mesma forma, pode usar tanto os ornamentos do marido como os próprios. Sobre os presentes, símbolo de afeição mútua, que devem ser trocados entre o marido e ela, não há regra fixa. Se ela deixar o marido depois do casamento por vontade própria, deve devolver tudo o que ele lhe deu, com exceção dos presentes mútuos. Se, no entanto, ela for expulsa da casa pelo marido, não deve devolver nada.

Depois do casamento, ela deve viver na casa do marido, como um dos membros principais da família, mas deve tratar as outras senhoras com gentileza, os servos com generosidade e todos os amigos da casa com familiaridade e educação. Deve mostrar-se melhor conhecedora das 64 artes que as outras mulheres da casa, e, em qualquer discussão com o marido, não deve repreendê-lo severamente; a sós, porém, pode fazer o que quiser, fazendo uso dos 64 modos de prazer. Ela deve ser prestativa com as outras esposas do marido, dar presentes a seus filhos, agir como se fosse a sua senhora e fazer ornamentos e brinquedos para que eles usem. Deve confiar nos amigos e servos do marido mais do que nas suas outras esposas, e, por fim, deve ter gosto por festas, ir a piqueniques, comparecer a feiras e festivais e participar de todos os tipos de jogos e entretenimentos.

Assim termina a conduta de uma viúva virgem que se casa novamente.

Uma mulher malquista pelo marido e incomodada e perturbada pelas outras esposas dele deve associar-se à esposa favorita do marido e que o sirva mais do que as outras e ensinar-lhe todas as artes que conhece. Ela deve comportar-se como a ama dos filhos do marido e, tendo ganhado a simpatia dos amigos dele, deve fazer com que ele saiba, por meio deles, da sua devoção a ele. Nas cerimônias religiosas, deve ser uma líder, como também no cumprimento de promessas e jejuns, mas não deve manifestar uma opinião demasiado favorável dela própria. Quando o marido estiver deitado na cama, só deve aproximar-se quando isso for agradável para ele, e não deve nunca repreendê-lo nem mostrar teimosia de forma alguma. Se o marido discutir com alguma de suas esposas, ela deve reconciliá-los e, se ele quiser ver alguma mulher às escondidas, ela deve ajudá-los para que o encontro ocorra. Ela deve, ainda, conhecer os pontos fracos do caráter do marido, mas mantê-los sempre em segredo, e, de maneira geral, comportar-se de maneira a fazer com que ele a veja como uma esposa boa e devotada.

Assim termina a conduta de uma esposa malquista pelo marido.

Tudo o que foi dito serve também para mostrar como todas as esposas do harém devem comportar-se, por isso agora falaremos separadamente sobre o rei.

As criadas no harém (chamadas separadamente de *Kanchukiyas*,[67] *Mahallarikas*[68] e *Mahallikas*[69]) devem trazer flores, pomadas e tecidos enviados pelas esposas do rei ao

---

67. Nome dado às criadas da casa de esposas do rei em tempos antigos, pois elas mantinham os seios cobertos com um tecido chamado *Kanchuki*. Era um costume que a criada cobrisse os seios com um tecido, enquanto as rainhas mantinham os seios descobertos. Esse costume pode ser claramente visto nas pinturas na caverna Ajunta.

68. O significado dessa palavra é "mulher superior". Parece que uma Mahallarika é uma pessoa com autoridade sobre as criadas de um harém.

69. Isso também se referia à posição das mulheres empregadas no harém. Depois, esses postos foram ocupados por eunucos.

rei, e, tendo ele recebido essas coisas, deve dá-las como presentes às criadas, junto com as coisas usadas por ele no dia anterior. À tarde, estando o rei vestido e enfeitado, deve encontrar-se com as mulheres do harém, que também devem estar vestidas e enfeitadas com joias. Então, tendo concedido a cada uma delas a posição e o respeito adequados à ocasião e ao que elas merecem, ele deve manter com elas uma conversa agradável. Depois disso, ele deve ver as suas esposas que sejam viúvas virgens casadas outra vez e, depois delas, as concubinas e dançarinas. Tudo isso deve ser feito nos aposentos privados de cada uma delas.

Quando o rei despertar de sua sesta de meio-dia, as mulheres cujo dever é informá-lo sobre a esposa que passará a noite com ele vêm até ele acompanhadas pelas criadas daquela esposa cuja vez na sequência normal tenha chegado, pelas criadas da que tenha sido ignorada acidentalmente quando a sua vez chegou e da que adoeceu no momento em que sua vez chegou. Essas criadas devem colocar diante do rei as pomadas e os unguentos enviados pelas esposas, marcados com o selo de cada uma delas; os seus nomes e as suas razões para enviar as pomadas devem ser informados ao rei. Depois disso, o rei aceita a pomada de uma delas, que será então informada de que foi aceita e de que o seu dia foi marcado.[70]

Em festivais de canto e exibições, todas as esposas devem ser tratadas com respeito e servidas de bebidas.

---

70. Como os reis normalmente tinham muitas mulheres, era normal que as desfrutassem em turnos. Contudo, como às vezes ocorria de algumas perderem a vez por causa da ausência do rei ou porque estavam doentes, as mulheres cuja vez havia passado e aquelas que tinham uma oportunidade por vir costumavam manter uma espécie de loteria quando a pomada de todas as reclamantes era enviada para o rei, que aceitava a pomada de uma delas, resolvendo assim a questão.

No entanto, as mulheres do harém não devem sair sozinhas, e nenhuma das mulheres de fora do harém pode entrar nele, exceto aquelas cujo caráter seja bem conhecido. Por último, o trabalho feito pelas esposas do rei não deve ser fatigante.

Assim termina a conduta do rei em relação às mulheres do harém, e também a conduta delas próprias.

O homem casado com muitas mulheres deve ser justo com todas elas. Não deve ser-lhes indiferente nem ignorar suas faltas, e não deve revelar a uma o amor, a paixão, as imperfeições físicas nem as censuras confidenciais da outra. Ele não deve dar oportunidade a nenhuma delas de falar a ele sobre as rivais, e se uma começar a falar mal de outra, ele deve repreendê-la e dizer que ela possui os mesmos defeitos. Ele deve dar a uma confiança secreta; a outra, respeito secreto; e, a outra, elogios secretos. A todas elas deve agradar passeando pelos jardins, fornecendo-lhes diversão, ofertando-lhes presentes, honrando seus parentes, contando segredos e, por fim, mantendo uniões amorosas com cada uma delas. Uma mulher jovem de bom temperamento e que se conduz de acordo com os mandamentos da Sagrada Escritura ganha o carinho do seu marido e obtém superioridade sobre as suas rivais.

Assim termina a conduta de um marido com as suas várias esposas.

FIM DA PARTE IV

PARTE V

Sobre as esposas dos outros

Capítulo 1

Sobre as características dos homens e das mulheres. As razões pelas quais as mulheres rejeitam o galanteio dos homens. Sobre homens que têm sucesso com as mulheres e sobre mulheres que são facilmente conquistadas

Pode-se desfrutar esposas de outros homens nas ocasiões descritas na Parte I, Capítulo 5, mas deve-se primeiro examinar a possibilidade da aquisição delas, a sua aptidão para a coabitação, o perigo de unir-se a elas e o futuro efeito dessas uniões. O homem pode juntar-se à esposa de outro com o objetivo de salvar a própria vida, quando ele percebe que o seu amor por ela tem sua intensidade aumentada. Os graus de intensidade são dez e distinguem-se pelas seguintes marcas:

1. Atração física.
2. Ideias afins.
3. Lembrança recorrente.
4. Insônia.
5. Emagrecimento.
6. Indiferença a objetos de prazer.
7. Desinibição.
8. Loucura.
9. Desmaios.
10. Morte.

Autores antigos afirmam que o homem deve conhecer a disposição, a sinceridade, a pureza e o desejo da jovem, bem como a intensidade ou fraqueza das suas paixões, por meio da forma do seu corpo e de suas marcas e sinais característicos. Mas Vatsyayana acha que as formas dos corpos e as marcas e sinais característicos não passam de provas ilusórias de caráter e que as mulheres devem ser julgadas pela sua conduta, pela manifestação de seus pensamentos e pelo movimento de seus corpos.

Como regra geral, Gonikaputra diz que uma mulher se apaixona por todos os homens bonitos que vê, mas que elas geralmente não vão adiante por uma série de razões. No amor, as circunstâncias seguintes são características das mulheres. Ela ama sem levar em conta o certo ou o errado[71] e não tenta conquistar um homem simplesmente por algum propósito particular. Mais do que isso, quando um homem se aproxima pela primeira vez, ela naturalmente se afasta dele, mesmo que queira unir-se a ele. Mas quando as tentativas para conquistá-la são repetidas e renovadas, ela enfim consente. No entanto, o homem, mesmo já apaixonado, subjuga os seus sentimentos observando a moralidade e a sabedoria; ainda que seus pensamentos se dirijam com frequência à mulher, ele não cede, mesmo que ocorra uma tentativa de conquistá-lo. Ele algumas vezes faz uma tentativa ou esforço para conquistar o objeto de sua afeição; tendo fracassado, no entanto, ele a deixa sozinha. Da mesma forma, tendo conquistado a mulher, ele muitas vezes fica indiferente a ela. A respeito do ditado de que um homem não se importa com o que é facilmente ganho, desejando apenas o que possa ser conquistado com dificuldade, é pura especulação.

As causas que levam a mulher a rejeitar os avanços do homem são as seguintes:

---

71. *On peut tout attendre el tout supposer d'une femme amourese.* (Tudo se pode esperar e supor de uma mulher apaixonada.) (Balzac.)

1. Afeição pelo marido.

2. Desejo de ter filhos legítimos.

3. Falta de oportunidade.

4. Contrariedade por ter sido abordada pelo homem com excessiva intimidade.

5. Diferença social.

6. Insegurança produzida pelo fato de o homem dedicar-se muito a viagens.

7. Suposição de que o homem possa estar ligado a outras pessoas.

8. Medo de que o homem não mantenha as suas intenções em segredo.

9. Suposição de que o homem é demasiadamente devotado aos seus amigos e tem por eles um respeito grande demais.

10. Apreensão quando à seriedade dele.

11. Vergonha por ele ser um homem ilustre.

12. Medo por ele ser poderoso ou possuidor de uma paixão impetuosa, no caso das mulheres-corça.

13. Vergonha por ele ser muito inteligente.

14. O pensamento de já ter convivido com ele anteriormente como amiga.

15. Desprezo por sua falta de conhecimento do mundo.

16. Desconfiança por causa do seu caráter inferior.

17. Desgosto por causa do seu desejo de captar o amor dela por ele.

18. No caso da mulher-elefanta, o pensamento de que ele é um homem-lebre ou um homem de paixão fraca.

19. Compaixão por medo de que algo possa acontecer a ele por causa de sua paixão.

20. Desespero por causa das próprias imperfeições.

21. Medo de ser descoberta.

22. Desilusão ao ver-lhe o cabelo e a aparência esfarrapada.

23. Medo de que ele possa estar sendo usado pelo marido dela para testar a sua castidade.

24. Suposição de que ele tem demasiado respeito pela moralidade.

Qualquer uma dessas causas pode ser detectada pelo homem, e ele deve combatê-las desde o começo. Dessa forma, a vergonha que possa surgir por causa da sua grandeza ou habilidade deve ser eliminada ao mostrar o seu grande amor e afeição por ela. A falta de oportunidade ou a inacessibilidade devem ser removidas ao mostrar a ela algum modo fácil de acesso a ele. O respeito excessivo dedicado pela mulher a ele deve ser superado, fazendo com que ela se familiarize com ele. As dificuldades que surgem pela suposição de que ele tem um caráter inferior devem ser removidas ao mostrar a sua coragem e sabedoria. As que surgem da negligência, por uma atenção extra. E as que surgem do medo, por dar a ela o encorajamento adequado.

Estes são os homens que geralmente obtêm sucesso com as mulheres:

1. Homens versados na ciência do amor.
2. Homens talentosos em contar histórias.
3. Homens acostumados com mulheres desde a infância.
4. Homens que assegurem a sua confiança.
5. Homens que lhes enviam presentes.
6. Homens que falem bem.
7. Homens que fazem coisas de que elas gostam.
8. Homens que não amaram ninguém antes.
9. Homens que agem como mensageiros.
10. Homens que conhecem os seus pontos fracos.

11. Homens que são desejados por mulheres de bem.

12. Homens que são unidos às suas amigas.

13. Homens que têm boa aparência.

14. Homens que tenham sido criados com elas.

15. Os vizinhos.

16. Homens que são devotados a prazeres sexuais, mesmo que sejam os próprios criados.

17. Os amantes das filhas da sua ama-seca.

18. Homens que se casaram recentemente.

19. Homens que gostam de piqueniques e de festas prazerosas.

20. Homens liberais.

21. Homens conhecidos por serem fortes (homens-touro).

22. Homens empreendedores e bravos.

23. Homens que superam os seus maridos em conhecimento e aparência, em boas qualidades e em complacência.

24. Homens que se vistam e vivam magnificamente.

As seguintes são as mulheres fáceis de conquistar:

1. Mulheres que ficam na porta de suas casas.

2. Mulheres que estão sempre olhando para a rua.

3. Mulheres que se sentam para conversar na casa dos vizinhos.

4. A mulher que está sempre olhando para os homens.

5. A mensageira.

6. A mulher que olha de soslaio.

7. A mulher cujo marido casou-se com outra mulher sem nenhuma causa justa.

8. A mulher que odeia o marido ou que é odiada por ele.

9. A mulher que não tem quem a proteja ou controle.

10. A mulher que não tenha filhos.

11. A mulher cuja família ou casta não seja conhecida.

12. A mulher cujos filhos morreram.

13. A mulher que gosta de aparecer na sociedade.

14. A mulher que é aparentemente muito afeiçoada ao marido.

15. A mulher de um ator.

16. A viúva.

17. A mulher pobre.

18. A mulher fã de prazeres.

19. A mulher de um homem com muitos irmãos mais jovens.

20. A mulher vaidosa.

21. A mulher cujo marido é inferior a ela em posição ou habilidades.

22. A mulher que é orgulhosa de suas habilidades nas artes.

23. A mulher com a mente perturbada pela tolice do marido.

24. A mulher que se casou na infância com um homem rico e, sem gostar dele quando adulta, deseja um homem que tenha disposição, talentos e sabedoria de acordo com os seus gostos.

25. A mulher desprezada pelo marido sem nenhum motivo.

26. A mulher que não é respeitada pelas outras mulheres de mesma posição e beleza que ela.

27. A mulher cujo marido gosta de viajar.

28. A mulher de um joalheiro.

29. A mulher invejosa.
30. A mulher ambiciosa.
31. A mulher imoral.
32. A mulher estéril.
33. A mulher preguiçosa.
34. A mulher covarde.
35. A mulher corcunda.
36. A mulher anã.
37. A mulher deformada.
38. A mulher vulgar.
39. A mulher que cheira mal.
40. A mulher doente.
41. A mulher velha.

Há também dois versos sobre esse tema:

"O desejo que brota da natureza e que é aumentado pela arte, e do qual o perigo é afastado pela sabedoria, torna-se firme e seguro. Um homem inteligente, dependendo da própria habilidade, observando cuidadosamente as ideias e pensamentos das mulheres e eliminando os motivos que fazem com que se afastem dos homens, é geralmente bem-sucedido com elas".

Capítulo 2

Sobre como travar uma relação com a mulher e sobre os esforços para conquistá-la

Os autores antigos são da opinião que as jovens não são tão facilmente seduzidas por meio do envio de mensageiras como pelos esforços do próprio homem, ao passo que as esposas alheias são mais facilmente conquistadas com a ajuda de mensageiras do que por meio dos esforços do homem. Vatsyayana afirma que, sempre que for possível, um homem deve agir ele próprio nesses assuntos, somente quando isso é impraticável ou impossível as mensageiras devem ser usadas. O ditado de que as mulheres que agem e falam atrevida e livremente devem ser conquistadas pelos esforços pessoais do homem e de que as que não possuem essas qualidades devem ser obtidas por meio de mensageiras é apenas objeto de especulação.

Quando o homem age por si próprio, deve em primeiro lugar travar uma relação com a mulher que ama da seguinte maneira:

1º – Deve arranjar um meio para que seja visto pela mulher numa oportunidade normal ou especial. Uma oportunidade normal é quando um deles vai à casa do outro. Uma oportunidade especial é quando eles se encontram na casa de um amigo, um companheiro de casta, um ministro ou um médico, e também em cerimônias de casamento, sacrifícios, festivais, funerais e festas ao ar livre.

2º – Quando se encontrarem, o homem deve ser cuidadoso ao olhar para ela de maneira a revelar-lhe os sentimentos. Deve puxar o bigode, fazer sons com as unhas, tilintar seus enfeites, morder o lábio inferior e produzir vários outros sinais como esses. Quando ela estiver olhando para ele, esse deve falar com os amigos sobre ela e outras mulheres, mostrando-lhe sua liberalidade e gosto pelo divertimento. Quando estiver sentado ao lado de uma amiga, ele deve bocejar e contorcer-se, contrair as sobrancelhas, falar baixo como se estivesse aborrecido e ouvi-la com indiferença. Ele também pode manter uma conversa de duplo sentido com uma criança ou com outra pessoa, aparentemente relacionada a uma terceira pessoa, mas na verdade referindo-se à mulher que ele ama; dessa forma o amor deve ser manifestado, sob o pretexto de referir-se a outros, e não a ela. Deve fazer marcas que se refiram a ela, mexendo na terra com as unhas ou com um graveto, e deve abraçar e beijar uma criança na sua presença, e dar a ela com a língua a mistura de folhas e noz de bétele, pressionando-lhe o queixo com os dedos de maneira carinhosa. Todas essas coisas devem ser feitas no momento e nos locais adequados.

3º – O homem deve afagar uma criança que esteja sentada no colo dela, dando-lhe algo com que brincar e tomando o objeto de volta. Ele pode conversar a respeito da criança, e, desse modo, gradualmente travar uma relação com a mulher. Além disso, deve mostrar-se agradável com os parentes dela. Depois disso, essa relação deve ser usada como pretexto para visitar a casa dela com frequência; nessas ocasiões ele deve conversar sobre sua amada quando ela não estiver presente mas puder ouvir o que ele diz. À medida que a intimidade com ela cresce, ele deve deixar um depósito ou fundo em dinheiro sob a guarda dela e fazer pequenas retiradas da quantia por vez. Ou ele pode dar a ela, para guardar, substâncias perfumadas ou nozes de bétele. Depois disso, deve fazer com que ela trave relações com a sua própria esposa, e fazer com que mantenham conversas confidenciais, que se sentem sozinhas em locais ermos. Para vê-la frequentemente, ele deve fazer com que o mesmo ourives, o mesmo joalheiro, o mesmo cesteiro, o mesmo tintureiro e o mesmo lavador sejam empregados das duas famílias. Ele também deve fazer a ela longas visitas com a intenção declarada de fazer negócios, e um negócio deve levar a outro, de maneira a manter o elo entre eles. Quando ela desejar algo, precisar de dinheiro ou desejar adquirir habilidade em uma das artes, ele deve fazer com que ela saiba que ele está desejoso e pronto a fazer tudo o que ela quiser, dar-lhe dinheiro ou ensinar uma das artes, pois todas essas coisas estão ao alcance de sua habilidade e poder. Da mesma forma, ele deve debater assuntos com ela em companhia de outras pessoas, comentando frases e atos de terceiros, e examinar várias coisas como joias, pedras preciosas etc. Nesses momentos, ele deve mostrar-lhe certas coisas de cujos valores ela deve estar ciente e, se ela começar a discutir sobre as coisas ou sobre o valor, ele não deve contradizê-la, mas ressaltar que concorda em todos os pontos.

Assim terminam os modos de travar relação com a mulher desejada.

Depois que a jovem já travou relação com o homem, como descrito, e manifestou o seu amor por ele pelos vários sinais externos, e pelas emoções do corpo, o homem deve esforçar-se para conquistá-la. Contudo, como as jovens não estão familiarizadas com a união sexual, elas devem ser tratadas com muita delicadeza, e o homem deve agir com precaução, embora no caso de mulheres acostumadas ao ato sexual isso não seja necessário. Quando as intenções da moça são conhecidas e a sua vergonha foi superada, o homem deve começar a usar o dinheiro dela, e um intercâmbio de roupas, anéis e flores deve ser iniciado. O homem deve tomar cuidado para que as coisas dadas por ele sejam bonitas e valiosas. Deve ainda receber dela uma mistura de noz e folhas de bétele, e, quando ele estiver indo a uma festa, deve pedir-lhe a flor que leva no seu cabelo ou a flor que está na sua mão. Se ele der a ela uma flor, deve ter cheiro adocicado e marcas feitas pelas suas unhas e dentes. Com crescente persistência, ele deve dissipar os medos dela e, aos poucos, fazer com que ela vá com ele a locais isolados, e lá ele deve abraçá-la e beijá-la. E, finalmente, no momento de dar a ela um pouco de noz de bétele ou de receber isso dela, ou no momento de trocar flores, ele deve tocar e pressionar as suas partes íntimas, levando suas tentativas a uma conclusão satisfatória.

Quando o homem está empenhado em seduzir a mulher, ele não deve tentar seduzir nenhuma outra ao mesmo tempo. Entretanto, depois que ele tiver obtido sucesso com a primeira e após desfrutá-la por um tempo considerável, ele pode manter a sua afeição dando-lhe presentes do seu gosto, e então iniciar a corte de outra mulher. Quando o homem vê o marido de uma mulher indo a algum lugar próximo de sua casa, ele não deve desfrutá-la naquele momento, mesmo sendo ela facilmente conquistada na ocasião. O homem inteligente que cuida de sua reputação não deve pensar em seduzir uma mulher apreensiva, tímida, indigna de confiança ou bem guardada e controlada por um sogro ou uma sogra.

Capítulo 3

Exame do estado de espírito de uma mulher

Quando o homem está tentando conquistar uma mulher, ele deve examinar o seu estado de espírito e agir de acordo com ele.

Se ela o ouve, mas não manifesta de nenhuma forma as suas próprias intenções, ele deve então tentar conquistá-la usando uma pessoa intermediária.

Se ela encontrá-lo uma vez e na ocasião seguinte estiver mais bem-vestida que na primeira, ou for ao encontro dele em um local solitário, ele pode estar seguro de que poderá desfrutá-la com o uso de pouca força. A mulher que deixa um homem cortejá-la mas não se entrega, mesmo depois de um longo tempo, pode ser considerada frívola no amor; entretanto, devido à inconstância do espírito humano, mesmo uma mulher como essa pode ser conquistada ao manter-se com ela uma relação íntima.

Quando a mulher evita as atenções do homem, por respeitá-lo e ser orgulhosa, rejeitando encontros e aproximações, ela será conquistada com dificuldade, seja pelo esforço do homem de tornar-se íntimo, seja pelo emprego de uma intermediária excepcionalmente inteligente.

Quando o homem faz a corte para a mulher e ela o repreende com palavras rudes, ela deve ser imediatamente abandonada.

Quando a mulher repreende o homem mas, ao mesmo tempo, age de maneira afetiva com ele, ele deve fazer amor com ela de qualquer forma.

A mulher que encontra o homem em locais solitários e tolera que ele lhe encoste os pés, mas finge, por causa da sua indecisão, que não se deu conta do ocorrido, deve ser conquistada com paciência e por esforços contínuos, como segue:

Se ela for dormir com ele, ele deve enlaçá-la com seu braço esquerdo e ver, quando ela acorda, se ela realmente o repele, ou o repele desejando que a abrace outra vez. E o que é feito com o braço também pode ser feito com o pé. Se o homem tiver sucesso nesse ponto, ele deve dar um abraço mais apertado. Se ela não suportar o abraço e se levantar, mas se comportar com ele da maneira usual no dia seguinte, pode considerar que ela não é contra a ideia de deixar-se desfrutar por ele. Se, no entanto, ela não aparecer mais, o homem deve tentar se reconciliar com ela valendo-se de uma pessoa intermediária. E se, depois de ter desaparecido por algum tempo, ela reaparece e comporta-se com ele da maneira habitual, o homem deve então considerar que ela não tem objeção a se unir com ele.

Quando a mulher dá ao homem uma oportunidade e manifesta o seu amor a ele, ele deve desfrutá-la. Os sinais de uma mulher manifestando o seu amor são estes:

1. Ela pede ajuda ao homem sem que ele tenha se dirigido primeiro a ela.

2. Ela exibe-se ele em locais secretos.

3. Ela fala com ele tremendo e de maneira desarticulada.

4. Ela tem os dedos das mãos e dos pés úmidos da transpiração, e a face vermelha de alegria.

5. Ela se ocupa em ensaboar o corpo dele e massagear sua cabeça.

6. Enquanto o ensaboa, ela usa só uma das mãos, e, com a outra, toca e abraça partes do seu corpo.

7. Ela fica com as duas mãos pousadas sobre o corpo dele, como se estivesse surpresa com algo ou derrotada pela fadiga.

8. Ela algumas vezes repousa a face nas coxas dele, e, quando ele pede que as ensaboe, não manifesta nenhum desejo contrário a fazê-lo.

9. Ela pousa uma das mãos, quase imóvel, sobre o corpo dele e, mesmo que o homem a pressione entre dois membros, ela não a remove por um longo tempo.

10. Por último, quando resistiu a todos os esforços do homem para conquistá-la, ela volta no dia seguinte para ensaboar o seu corpo, como antes.

Quando a mulher não encoraja o homem mas também não o evita, escondendo-se e permanecendo em um local solitário, ele pode chegar a ela por meio da criada mais íntima. Quando, requisitada pelo homem, ela se comporta da mesma forma, então deve ser conquistada com a ajuda de uma intermediária habilidosa. Mas se ela não tiver nada para dizer ao homem, ele deve pensar bastante a respeito antes de dar início a qualquer outro esforço para conquistá-la.

Isso termina o exame do estado de espírito da mulher.

O homem deve primeiro ser apresentado à mulher, e só depois conversar com ela. Deve dar-lhe pistas sobre o seu amor por ela e, se ele obtiver respostas que demonstrem que ela recebe essas pistas favoravelmente, deve então se preparar para conquistá-la sem nenhum receio. A mulher que demonstra o seu amor ao homem por sinais externos no primeiro encontro é conquistada muito facilmente. Da mesma forma, a mulher lasciva, que quando ouve palavras amorosas responde abertamente com palavras que expressam o seu amor, deve ser considerada conquistada naquele mesmo momento. A respeito de todas as mulheres, sejam elas espertas, simplórias ou confiáveis, aplica-se a regra de que aquelas que manifestam às claras seu amor são facilmente conquistadas.

Capítulo 4

Sobre a função da intermediária

Se a mulher manifestou seu amor ou desejo tanto por sinais como por movimentos do corpo, sendo, depois, raramente ou nunca vista, ou se a mulher é encontrada pela primeira vez, o homem deve obter uma intermediária para aproximar-se dela.

A intermediária, tendo conquistado a confiança da mulher ao agir de acordo com a sua disposição, deve tentar fazer com que ela odeie ou despreze o seu marido ao manter conversas dissimuladas com ela, contando-lhe sobre remédios para ter filhos, falando-lhe sobre outras pessoas, narrando lendas, histórias sobre esposas de outros homens, e louvando a sua beleza, sabedoria, generosidade e boa natureza, e dizendo a ela: "É realmente uma pena que você, uma mulher excelente, seja possuída por um marido desse tipo. Bela senhora, ele não lhe serve nem mesmo como criado". Depois, a intermediária deve falar à mulher sobre a fraqueza da paixão do seu marido, seus ciúmes, sua patifaria, sua ingratidão, sua aversão ao divertimento, sua estupidez, sua avareza e todos os outros problemas que ele possa ter e dos quais ela possa ser conhecedora. Ela deve insistir particularmente no problema que mais pareça afetar a mulher. Se a mulher for uma corça e o marido, uma lebre, então não há problema nesse sentido. No caso de ele ser um homem-lebre e ela ser égua ou elefanta, então esse problema deve ser apontado.

Gonikaputra é de opinião que, quando se trata do primeiro caso extraconjugal da mulher, ou quando o seu amor foi mostrado apenas secretamente, o homem deve mandar até ela uma intermediária, com quem ela já tenha relações pessoais, e em quem confie.

Retornemos, porém, ao nosso tema. A intermediária deve falar à mulher sobre a obediência e o amor do homem e, à medida que a sua confiança e afeição aumentem, ela deve então explicar como proceder da seguinte forma: "Ouça, oh, bela senhora, que esse homem, nascido em uma boa família, tendo-a visto, ficou louco por sua causa. O pobre rapaz, que é delicado por natureza, nunca se viu tão perturbado antes, e é muito provável que sucumba diante dessa aflição e encontre a dor da morte". Se a mulher ouvir com uma atitude favorável, então, no dia seguinte, a intermediária, tendo visto sinais de boa disposição na sua face, nos seus olhos e na sua maneira de conversar, deve novamente falar com ela sobre o homem e deve contar-lhe as histórias de Ahalya[72] e Indra, de Sakoontala[73] e Dushyanti, e outras adequadas à ocasião. Ela também deve descrever-lhe a força do homem, os seus talentos, sua habilidade nos 64 tipos de prazeres mencionados por Babhravya, sua boa aparência e a sua ligação com algumas mulheres louváveis, não importando que esse último item seja verdadeiro ou não.

Além disso, a intermediária deve notar cuidadosamente o comportamento da mulher. Se os sinais forem favoráveis, ela se dirige à intermediária com uma aparência sorridente, senta-se perto dela e pergunta: "Onde

---

72. A mulher do sábio Gautama, que foi seduzida por Indra, rei dos deuses.

73. A heroína de uma das melhores, senão a melhor, das peças hindus e a mais conhecida na literatura dramática em sânscrito. Foi trazida à luz primeiro por *Sir* William Jones, e teve uma boa e poética tradução feita pelo dr. Monier Williams, sob o título de *Sakoontala or the lost ring, an Indian drama*, traduzida do sânscrito de Kalidasa para prosa e verso em inglês.

você esteve? O que tem feito? Onde jantou? Onde dormiu? Onde esteve conversando?". A mulher também deve encontrar-se com a intermediária em locais solitários e contar-lhe histórias, bocejar contemplativamente, dar longos suspiros, presenteá-la, lembrá-la de festividades, despedir-se expressando o desejo de vê-la novamente e dizer-lhe, gracejando: "Oh, mulher falante, por que diz essas palavras más para mim?". Ela também falaria sobre o pecado da união dela com o homem, não lhe contaria nenhuma das visitas prévias ou conversas que ela possa ter tido com ele, mas desejando ser perguntada sobre elas, e por fim zombaria do desejo do homem, mas não o reprovaria de nenhuma forma.

Assim termina o comportamento da mulher com a intermediária.

Quando a mulher manifesta o seu amor da maneira recém-descrita, a intermediária deve aumentá-lo enviando-lhe lembranças de amor do homem. Mas, se a mulher não tiver relações pessoais com o homem, a intermediária deve ganhá-la enaltecendo e glorificando as boas qualidades dele, contando-lhe histórias sobre o seu amor por ela. Sobre isso, Auddalaka diz que quando o homem e a mulher não se conhecem pessoalmente e não mostraram sinais de afeto um ao outro, o uso de uma intermediária é inútil.

Os discípulos de Babhravya, por outro lado, afirmam que, mesmo não se conhecendo pessoalmente, mas tendo mostrado sinais de afeto um ao outro, eles podem usar a intermediária. Gonikaputra afirma que uma intermediária deve ser usada desde que eles se conheçam pessoalmente, mesmo que nenhum sinal de afeição tenha sido trocado. Vatsyayana, porém, estabelece que, mesmo que eles não se conheçam pessoalmente e não tenham mostrado sinais de afeição um ao outro, eles ainda assim são capazes de depositar confiança em uma intermediária.

A intermediária deve mostrar à mulher os presentes que o homem pode ter lhe dado por causa dela, como a noz e as folhas de bétele, os perfumes, as flores e os anéis, e nesses presentes devem estar impressas as marcas dos dentes e das unhas do homem, entre outros sinais. No tecido que ele lhe mandar, deve desenhar com açafrão as suas mãos unidas como em súplica ardente.

A intermediária também deve mostrar à mulher figuras ornamentais de diversos tipos, recortadas em folhas, junto com brincos e grinaldas de flores contendo cartas de amor que expressem o desejo do homem,[74] e deve fazer com que a mulher envie presentes carinhosos

---

74. Presume-se que a intenção seja semelhante aos seguintes versos franceses:
Quand on a juré le plus profond hommage,
Voulez vous qu'infidéle on change de langage,
Vous seule captivez mon esprit et mon coeur
Que je puisse dans vos bras seuls goûter le bonheur;
Je voudrais, mais en vain, que mon coeur en délire
Couche ou ce papier n'oserait vous dire.
Avec soin, de ces vers lisez leurs premiers mots,
Vous verrez quel remède il faut à tous mes maux.

Ou estes:
Quand on vous voit, on vous aime;
Quand on vous aime, ou vous voit on.

(Quando juramos a mais profunda homenagem,
Você quer que, infiéis, mudemos de linguagem
Só você cativa meu espírito e meu coração
Que eu possa apenas nos seus braços saborear a felicidade;
Eu gostaria, mas em vão, que meu coração delire
Deite onde este papel não ousará dizer.
Com cuidado, leia as primeiras palavras destes versos,
Você verá o bem que fazem a todos meus males.)

(Quando você é vista, é amada;
Quando é amada, onde pode ser vista?)

em retribuição para o homem. Depois que eles tiverem aceitado mutuamente os presentes, então deve ser marcado um encontro, com a confiança da intermediária.

Os seguidores de Babhravya dizem que tal encontro deve dar-se no momento de ir ao templo de uma divindade ou por ocasião de feiras, festas ao ar livre, apresentações teatrais, casamentos, sacrifícios, festivais e funerais, como também no momento de ir ao rio para banhar-se, ou em tempos de calamidades naturais,[75] medo de ladrões ou invasões hostis à província.

Gonikaputra acha, no entanto, que esses encontros devem ser realizados sob a proteção de amigas, mendigos, astrólogos e ascetas. Mas Vatsyayana afirma que o local só é adequado para o propósito se tiver os meios próprios de entrada e saída, se tiver sido preparado para evitar qualquer ocorrência acidental e onde um homem, depois de haver entrado, possa deixá-lo na hora certa sem nenhum encontro desagradável.

As intermediárias ou mensageiras são dos seguintes tipos:

1. A intermediária que assume toda a responsabilidade da tarefa.
2. A intermediária que realiza apenas parte da tarefa.
3. A intermediária que é apenas portadora de uma carta.
4. A intermediária de si própria.
5. A intermediária de uma jovem inocente.
6. A esposa servindo como intermediária.
7. A intermediária muda.
8. A intermediária que age como o vento.

---

75. Supõe-se que aqui se incluem tempestades, terremotos, fome e doenças pestilentas.

1. A mulher que, tendo notado a paixão mútua de um homem e de uma mulher, une-os e realiza isso usando o poder de seu próprio intelecto, é chamada de "intermediária que assume toda a responsabilidade da tarefa". Esse tipo de intermediária é útil principalmente quando o homem e a mulher já se conhecem e já conversaram, e nesses casos ela é enviada não somente do homem (como ocorre em todos os outros casos), mas também da mulher. A mesma denominação também é dada a uma intermediária que, percebendo que o homem e a mulher foram feitos um para o outro, tenta uni-los mesmo que eles não se conheçam pessoalmente.

2. A intermediária que completa a tarefa depois de perceber que uma parte já está feita ou que os avanços por parte do homem já foram feitos é chamada de "intermediária que realiza apenas parte da tarefa".

3. A intermediária que simplesmente leva mensagens entre o homem e a mulher que se amam mas não podem encontrar-se frequentemente é chamada de "portadora de uma carta ou mensagem".

Esse nome também é dado àquela que é enviada por um dos amantes para comunicar ao outro sobre a hora e o local do seu encontro.

4. A mulher que vai ela própria até um homem, diz a ele que sonhou ter tido uma união sexual com ele, expressando a sua raiva com a esposa dele por ela tê-lo repreendido por tê-la chamado pelo nome da rival e não pelo próprio, e que dá a ele algo que ostenta as marcas dos seus dentes e unhas, e o informa de que ela sabia que era anteriormente desejada por ele, e que pergunta a ele, a sós, se é mais bonita do que a sua esposa, essa pessoa é chamada de "intermediária de si própria". O homem deve encontrar-se com essa mulher a sós e secretamente.

Essa denominação também é dada à mulher que, tendo feito um acordo com outra mulher para agir como sua intermediária, conquista o homem para si ao travar relações pessoais com ele, levando ao fracasso a outra mulher. O mesmo se aplica ao homem que, atuando como intermediário para outro, sem nenhum conhecimento prévio da mulher, conquista-a para si próprio, causando, assim, o fracasso do outro.

5. A mulher que ganhou a confiança da jovem esposa de qualquer homem, que se apossou de seus segredos sem pressionar a sua mente e descobriu assim como o marido age com ela, se essa mulher ensinar à jovem a arte de manter a preferência do marido, decorá-la de modo a mostrar a ele o seu amor, instruí-la sobre como e onde ficar zangada, ou fingir que está, e então, tendo ela mesma feito marcas de unhas e dentes no corpo da jovem, enviando ao marido para mostrar-lhe as marcas e excitando-o para o prazer, essa é chamada de "intermediária de uma jovem inocente". Nesses casos, o marido deve enviar respostas à mulher por meio da mesma intermediária.

6. Quando o homem faz com que a sua esposa ganhe a confiança de uma mulher que ele quer desfrutar, de modo a chamá-la e falar a ela sobre a sabedoria e habilidade do seu marido, essa mulher é chamada de "esposa servindo como intermediária". Nesse caso, os sentimentos da mulher em relação ao marido também devem ser transmitidos por intermédio da esposa.

7. Quando o homem envia uma moça ou uma criada a qualquer mulher sob um ou outro pretexto, anexando uma carta a um buquê de flores ou a um brinco, ou marca algo que se relacione a ela com os dentes ou unhas, essa moça ou criada é chamada de "intermediária muda". Nesse caso, o homem deve esperar uma resposta da mulher por meio da mesma pessoa.

8. Uma pessoa que leva para uma mulher uma mensagem com duplo sentido, que se refere a transações passadas ou que é ininteligível para outras pessoas é chamada de "intermediária que age como o vento". Nesse caso, a resposta deve ser pedida por meio da mesma mulher.

Tais são os diferentes tipos de intermediárias.

Uma astróloga, uma criada, uma mendiga ou uma artista conhecem bem o serviço de intermediária e ganham com facilidade a confiança de outras mulheres. Qualquer uma delas pode criar inimizade entre duas pessoas, se quiser, ou exaltar a delicadeza de qualquer mulher que ela deseje elogiar. Elas também podem falar favoravelmente sobre o amor de um homem, sobre as suas habilidades sexuais e sobre o desejo de outras mulheres por ele, mais bonitas ainda do que aquelas a quem elas se dirigem, e explicar as restrições a que ele pode estar sendo submetido em sua casa.

Por último, uma intermediária pode, por meio da arte da conversa, unir uma mulher a um homem, mesmo que ela nunca tenha pensado nele, ou o tenha considerado além de seu alcance. Ela também pode trazer um homem de volta para uma mulher, tenham eles se separado por uma razão ou por outra.

Capítulo 5

Sobre o amor de pessoas com autoridade pelas esposas dos outros

Os reis e seus ministros não têm acesso à residência de outras pessoas e, além disso, o seu modo de vida é constantemente vigiado, observado e imitado pelo povo em geral, da mesma forma que o mundo animal, ao ver o sol subir, com ele se levanta, deitando-se quando ele se põe, ao entardecer. Pessoas com autoridade não devem cometer nenhum ato impróprio em público, já que isso seria impossível na sua posição e merecedor de censura. Mas se julgarem que o ato é necessário, devem usar os meios próprios descritos nos parágrafos seguintes.

O líder do vilarejo, o oficial do rei, e o homem[76] cujo trabalho é colher milho podem conquistar as mulheres do vilarejo com um simples pedido. É por isso que essa classe de mulheres é considerada impura pelos voluptuários.

A união dos homens mencionados com esse tipo de mulheres ocorre em situações de trabalhos gratuitos, de encher o celeiro de suas casas, de tirar e botar coisas dentro de casa, de limpar a casa, de trabalhar nos campos e de comprar algodão, lã, linho, cânhamo e fios e na estação de compra, troca e venda de vários outros artigos, como na hora de fazer vários outros trabalhos. Da mesma forma, os superintendentes dos currais desfrutam mulheres dali, e os oficiais que fazem a superintendência das viúvas, de

76. Esta é uma expressão usada para definir o homem que faz o trabalho de todo mundo, e que é alimentado por todo o vilarejo.

mulheres que não têm quem as sustente e de mulheres que deixaram os maridos mantêm relações sexuais com elas. Os inteligentes atingem os seus objetivos ao perambular à noite pelo vilarejo, enquanto os moradores também se reúnem com as suas mulheres e filhos e ficam sozinhos com eles. Por último, os superintendentes dos mercados têm muitas trocas a fazer com as mulheres do vilarejo no momento em que elas fazem compras no mercado.

1. Durante o festival da oitava lua, ou seja, durante a metade brilhante do mês de Nargashirsha, também durante o festival noturno do mês de Kartika e no festival de primavera de Chaitra, as mulheres das vilas e das cidades normalmente visitam as mulheres do harém no palácio real. Essas visitantes vão aos vários cômodos do harém e, à medida que tenham familiaridade com as mulheres, passam a noite conversando e praticando os adequados esportes e entretenimentos, partindo pela manhã. Nessas ocasiões, uma serva do rei (que conheça previamente a mulher que o rei deseja) pode demorar-se e interpelar essa mulher quando ela estiver indo para casa, a fim de induzi-la a voltar para ver interessantes coisas no palácio. Antes mesmo do festival, a criada deve ter dito à mulher que, por ocasião do festival, ela lhe mostraria todas as curiosidades do palácio. Dessa forma, ela deve mostrar à mulher a pérgula da trepadeira com flores cor de coral, a casa do jardim com o chão incrustado de pedras preciosas, a parreira, o edifício sobre a água, as passagens secretas nas paredes do palácio, as pinturas, os animais adestrados para divertimento, as máquinas, os pássaros e as jaulas de leões e tigres. Depois disso, quando estiver sozinha com ela, a criada deve contar-lhe a respeito do amor do rei por ela e descrever a boa sorte que cairia sobre a sua união com ele, fazendo a ela nesse momento uma promessa de estrito segredo. Se a mulher não aceitar a oferta, a criada

deve tranquilizá-la e agradá-la com presentes condizentes com a posição do rei e, tendo-a acompanhado por um trecho, despedir-se dela com muita afeição.

2. Ou, tendo travado relações com o marido da mulher desejada pelo rei, as esposas dele devem convidá-la para visitar o harém, e, nesse momento, uma criada do rei, tendo sido para lá enviada, deve agir como foi descrito acima.

3. Ou uma das esposas do rei deve travar relações com a mulher que o rei deseja, enviando uma das suas criadas até ela, que deve, quando elas se tornarem mais íntimas, induzi-la a conhecer a residência real. Depois, quando ela já visitou o harém e adquiriu confiança, uma confidente do rei, tendo sido para lá enviada, deve agir como descrito acima.

4. Ou a esposa do rei deve convidar a mulher que o rei deseja a visitar o palácio real para que conheça a prática da arte na qual a esposa do rei deve ser hábil e, depois que ela for ao harém, uma serva do rei, tendo sido para lá enviada, deve agir como foi descrito acima.

5. Ou uma mendiga, em conluio com a esposa do rei, deve dizer o seguinte à mulher desejada pelo rei e cujo marido tenha perdido a fortuna ou tenha algum motivo para temer o rei: "Essa esposa do rei tem influência sobre ele e ela é, além disso, de bom coração. Devemos ir até ela para que interceda nesse tema. Farei com que entre no harém, e ela dará fim a todo motivo de perigo e medo do rei". Se a mulher aceitar a oferta, a mendiga deve levá-la duas ou três vezes ao harém, e, lá, a mulher do rei deve prometer-lhe proteção. Depois disso, quando a mulher, maravilhada com a recepção e promessa de proteção, for de novo ao harém, uma serva do rei, tendo sido para lá enviada, deve agir como descrito acima.

6. O que foi dito sobre a esposa de um homem que tem algum motivo para temer o rei também se aplica às esposas dos que procuram um emprego a serviço do rei, que são oprimidos pelos ministros do rei, que são pobres, que não estão satisfeitos com a sua posição, que estão desejosos de ganhar o favor do rei, ou que desejam tornar-se famosos, que são oprimidos pelos membros da sua própria casta, que querem ferir os seus companheiros de casta, que são espiões do rei ou que têm qualquer outro objetivo a atingir.

7. Por último, se a mulher desejada pelo rei viver com outra pessoa que não o seu marido, o rei deve fazer com que seja presa e, tendo-a tornado escrava, como pena pelo seu crime, deve colocá-la no harém. Ou o rei deve fazer com que o seu embaixador brigue com o marido da mulher desejada por ele, e deve então aprisioná-la como esposa de um inimigo do rei, e, fazendo uso dessa estratégia, deve colocá-la no harém.

Assim terminam os meios de conquistar secretamente as esposas de outros.

As estratégias para obter mulheres de outros homens mencionadas são usadas principalmente nos palácios reais. Mas um rei não deve nunca entrar na residência de outra pessoa, já que Abhira,[77] o rei dos kottas, foi morto por um lavador quando estava na casa de outra pessoa, e, da mesma forma, Jayasana, o rei dos kashis, foi assassinado pelo comandante de sua cavalaria.

Mas, de acordo com os costumes de alguns países, há facilidades para que os reis façam amor com as esposas de outros homens. Assim, no país dos andras,[78] as filhas recém-casadas entram no harém do rei com

77. A data exata do reinado desses soberanos não é conhecida. Supõe-se que tenha sido perto do começo da era cristã.

78. O atual país de Tailangam, ao sul de Rajamundry.

alguns presentes no décimo dia do casamento e, tendo sido desfrutadas pelo rei, são então dispensadas. No país dos vatsagulmas,[79] as mulheres dos ministros-chefe se aproximam do rei à noite para servi-lo. No país dos vaidarbhas,[80] as esposas bonitas dos habitantes passam um mês no harém do rei sob o pretexto de terem afeição pelo rei. No país dos aparatakas,[81] o povo dá as suas mulheres bonitas como presente para os ministros e os reis. E, por último, no país dos saurashtras,[82] as mulheres da cidade e do campo vão para o harém real atender ao prazer do rei, tanto juntas como separadamente.

Há também dois versos sobre o tema:

"As estratégias descritas e também outras são empregadas em diversos países por reis em relação a mulheres de outras pessoas. Mas um rei que tem o bem-estar do seu povo no coração não deve colocá-las em prática a qualquer momento".

"Um rei que subjugar os seis inimigos[83] da humanidade torna-se o senhor de toda a terra."

---

79. Supõe-se que seja uma extensão do país ao sul de Malwa.

80. Hoje conhecido pelo nome de Berar. A sua capital era Kundinpura, que é identificada como a moderna Oomravati.

81. Também chamados de aparantakas, são do Concan norte e sul.

82. As modernas províncias de Katteeawar. A sua capital era chamada de Girinaguda, ou a moderna, Junagurth.

83. São a luxúria, a cólera, a cobiça, a ignorância espiritual, o orgulho e a inveja.

Capítulo 6

Sobre as mulheres do harém real e sobre a guarda da própria esposa

As mulheres do harém real não podem ver nem encontrar-se com nenhum homem, já que são vigiadas de maneira rígida, e também não podem ter seus desejos satisfeitos, porque o seu único marido pertence a muitas esposas. Por esse motivo, elas se dão prazer entre elas de várias formas, como as agora descritas.

Tendo vestido como homens as filhas das amas, as amigas ou as criadas, elas atingem seus objetivos usando bulbos, raízes e frutos que tenham a forma do *lingam*, ou deitam-se sobre as estátuas de homens que tenham o *lingam* visível e ereto.

Alguns reis misericordiosos tomam ou aplicam alguns remédios que permitem que eles desfrutem de várias esposas na mesma noite, simplesmente com o propósito de satisfazer o desejo das suas mulheres, mesmo que eles próprios não tenham desejo. Outros desfrutam com grande afeição somente das esposas das quais gostam de maneira particular, enquanto outros somente as tomam quando chega a vez de cada uma das esposas, por obrigação. Estas são as formas de prazer prevalentes nos países orientais, e o que é dito sobre as formas de prazer da mulher também se aplica ao homem.

Valendo-se de suas criadas, as mulheres do harém real geralmente introduzem homens disfarçados de mulher nos seus apartamentos. As suas servas e as filhas de suas amas que conhecem os seus segredos esforçam-se para fazer com que os homens venham ao harém dessa forma, dizendo-lhes que é algo de boa sorte, e descrevendo as facilidades de entrar e sair do palácio, da vastidão do pátio, do descuido dos sentinelas e da condescendência dos criados com as mulheres reais. Mas as mulheres não devem nunca induzir um homem a entrar no harém dizendo-lhe falsidades, já que isso provavelmente levaria à sua destruição.

No caso do homem, é melhor que ele não entre num harém real, mesmo que seja de fácil acesso, por causa dos numerosos desastres a que pode estar exposto lá. Se, assim mesmo, quiser entrar, ele deve ao menos certificar-se de que haja uma maneira fácil de sair, se o harém está rodeado pelo jardim do prazer, se tem áreas cercadas anexadas a ele, se os sentinelas são descuidados, se o rei viajou, e, então, quando for chamado pelas mulheres, ele deve observar cuidadosamente o local e entrar pelo caminho indicado por elas. Se ele conseguir fazê-lo, deve perambular nas redondezas do harém todos os dias e, sob um ou outro pretexto, deve conquistar amigos entre os sentinelas e mostrar-se ligado às servas do harém, que devem conhecer o seu objetivo e a quem ele deve expressar o seu pesar por não ser capaz de obter o objeto do seu desejo. Por último, ele deve induzir a mulher que tenha acesso ao harém a fazer o trabalho de intermediária, e deve ser cuidadoso para reconhecer os emissários do rei.

Quando uma intermediária não tem acesso ao harém, então o homem deve ficar parado em um local onde a mulher que ele ama e que está ansioso para desfrutar possa ser vista.

Se esse local estiver ocupado pelos sentinelas do rei, ele deve então disfarçar-se como criada da mulher que vai ao local ou que passa por ali. Quando ela olhar para ele, deve revelar-lhe seus sentimentos por sinais externos e gestos, apontando-lhe pinturas, coisas com duplo sentido, grinaldas de flores e anéis. Ele deve perceber a resposta dela, seja por meio de palavras, sinais ou gestos, e deve então tentar entrar no harém. Se ele tiver certeza de que ela irá a algum local específico, ele deve ocultar-se lá e, no horário fixado, deve entrar com ela como se fosse um dos guardas. Ele também pode entrar e sair escondido em uma cama dobrável, ou em uma colcha, ou com o corpo tornado invisível[84] por meio da aplicação de uma loção externa, uma de cujas receitas sendo a seguinte:

Queime juntos, sem deixar sair fumaça, o coração de um *ichneumon*,[85] a fruta da abóbora longa (*Tumbi*) e os olhos de uma serpente. As cinzas devem então ser trituradas e misturadas com água em igual quantidade. Se colocar essa mistura sobre os olhos, um homem pode andar sem ser visto.

Outros métodos de invisibilidade são prescritos pelos brâmanes e *Jogashiras* de Duyana.

O homem também pode entrar no harém durante o festival da oitava lua, no mês de Nargashirsha, e durante os festivais noturnos, quando as criadas do harém estão todas ocupadas ou em estado de confusão.

Os princípios adiante são estabelecidos sobre esse tema.

A entrada de rapazes nos haréns e a sua saída deles geralmente se dá quando objetos estão sendo trazidos para o palácio, quando objetos estão sendo removidos, quando

---

84. O modo de tornar alguém invisível, o conhecimento da arte da transmigração, ou de transformar a si mesmo ou outros em outra figura ou forma com o uso de encantos e feitiços, o poder de estar em dois locais ao mesmo tempo e outras ciências ocultas são frequentemente mencionadas na literatura oriental.

85. *Herpestes ichneumon*, um mamífero parecido com a fuinha. (N.T.)

festivais de bebida estão sendo realizados, quando as servas estiverem apressadas, quando a residência de uma das senhoras reais estiver sendo mudada, quando as esposas do rei vão aos jardins ou a feiras, quando elas entram no palácio no caminho de volta ou, por fim, quando o rei está ausente em uma longa peregrinação. As mulheres do harém real sabem dos segredos umas das outras e, sem ter mais do que um objeto de interesse, ajudam-se mutuamente. O rapaz que desfrutar todas elas e que é comum a todas pode continuar desfrutando sua união com elas enquanto isso for mantido em segredo e não for conhecido fora do harém.

Na província dos aparatakas, as esposas reais não são bem protegidas, e muitos rapazes são consequentemente introduzidos no harém pelas mulheres que têm acesso ao palácio real. As mulheres do rei do país de Ahira atingem os seus objetivos com os sentinelas do harém, que têm o nome de *Kshtriyas.* As esposas reais no país dos vatsagulmas induzem os homens que desejam a entrar no harém com as suas mensageiras. No país dos vaidarbhas, os filhos das esposas reais entram no harém quando desejam e desfrutam das mulheres, à exceção das próprias mães. No Stri-rajya, as mulheres do rei são desfrutadas pelos seus companheiros de casta e parentes. No país de Ganda, as mulheres reais são desfrutadas pelos brâmanes, amigos, servos e escravos. No país de Samdhava, servos, filhos adotados e outras pessoas do mesmo tipo desfrutam as mulheres do harém. No país dos haimavatas, aventureiros subornam os sentinelas para entrar no harém. No país dos vanyas e dos kalmyas, os brâmanes, com o conhecimento do rei, entram no harém sob o pretexto de dar flores às senhoras e falam com elas atrás de uma cortina; dessa conversa deriva a união posterior. Por último, as mulheres do harém do rei dos prachyas introduzem um homem no harém para cada grupo de nove ou dez mulheres.

Assim agem as esposas dos outros.

Por esses motivos, o homem deve sempre vigiar a própria mulher. Os antigos autores dizem que o rei deve selecionar como sentinelas para o seu harém homens cuja ausência de desejos carnais tenha sido comprovada. Mas esses homens, embora livres de desejos carnais, por medo ou cobiça, podem introduzir outras pessoas no harém; por isso, Gonikaputra diz que o rei deve empregar no harém homens cuja ausência de desejos carnais, medos e cobiça tenha sido comprovada. Por último, Vatsyayana diz que pessoas podem entrar usando a influência de *Dharma*,[86] e que por isso os sentinelas devem ser selecionados entre os imunes a desejos carnais, medo, cobiça e *Dharma*.[87]

Os seguidores de Babhravya dizem que o homem deve fazer com que a sua esposa se relacione com uma jovem que lhe conte segredos de outras pessoas, e então investigar por intermédio dela a castidade de sua própria esposa. Mas Vatsyayana diz que, como pessoas mal-intencionadas são sempre bem-sucedidas com as mulheres, o homem não deve levar a sua inocente esposa a ser corrompida ao induzi-la à companhia de uma mulher desonesta.

As causas da destruição da castidade de uma mulher são as seguintes:

Frequentar muito a sociedade.
Ausência de controle.

---

86. Isso pode significar influência religiosa, e faz alusão a pessoas que podem ser conquistadas por meio disso.

87. Pode-se notar que os eunucos não pareciam ser empregados nos haréns naquela época, embora fossem usados para outros fins. Veja Parte II, capítulo 9, p 94.

Os hábitos liberais do marido.
Imprudência nas suas relações com outros homens.
Ausência prolongada do marido.
Viver em um país estrangeiro.
Destruição de seu amor e sentimentos pelo marido.
A companhia de mulheres libertinas.
O ciúme do marido.

Também há os seguintes versos sobre o tema:

"Um homem inteligente que aprender pelos Shastras as maneiras de conquistar as esposas de outros não é nunca enganado no caso de suas próprias esposas. Ninguém, no entanto, deve usar essas formas de seduzir as esposas dos outros, porque elas nem sempre dão certo e, além disso, muitas vezes causam desastres e a destruição de *Dharma* e *Artha*. Este livro, que se destina ao bem do povo e a ensinar os meios de vigiar as próprias esposas, não deve ser usado meramente para conquistar as esposas dos outros."

FIM DA PARTE V

PARTE VI

Sobre as cortesãs

Notas introdutórias

A Parte VI, sobre as cortesãs, foi preparada por Vatsyayana a partir de um tratado sobre o tema escrito por Dattaka para as mulheres de Pataliputra (a moderna Patna), há cerca de dois mil anos. O trabalho de Dattaka não parece existir mais, mas este resumo dele é muito bom, comparável a qualquer uma das produções de Émile Zola e de outros escritores da escola realista atual.

Embora muito se tenha escrito sobre as cortesãs, em nenhuma outra obra senão nestas páginas se encontrará uma melhor descrição delas, de seus pertences, de suas ideias e de como funcionavam as suas mentes.

A descrição dos detalhes da vida doméstica e social dos antigos hindus não estaria completa sem mencionar a cortesã, e esta parte é inteiramente devotada a esse tema. Os hindus tiveram o bom-senso de reconhecer a cortesã como parte da sociedade; e, desde que se comportassem com decência e de maneira apropriada, elas eram alvo de um certo respeito. De qualquer forma, elas nunca foram tratadas no Oriente com a brutalidade e o desprezo tão comuns no Ocidente, e a sua educação nos países orientais foi sempre superior àquela recebida pelo restante das mulheres.

Antigamente, as bem-educadas dançarinas e cortesãs hindus pareciam-se com a Hetera dos gregos e, sendo educadas e divertidas, eram muito mais aceitas como companhia do que a maioria das mulheres solteiras e casadas daquela época. Em todos os tempos e em todas as regiões, sempre houve uma certa rivalidade entre as castas e as impuras. Entretanto, como algumas mulheres nascem cortesãs e seguem os seus instintos em todos os tipos de sociedade, alguns autores dizem, com razão, que toda mulher tem dentro de si uma cortesã, e que faz o melhor, como regra geral, para tornar-se agradável para o sexo masculino.

A sutileza das mulheres, os seus maravilhosos poderes de percepção, seu conhecimento e sua intuição a respeito dos homens e das coisas são mostrados nas páginas seguintes, que podem ser lidas como a essência concentrada do que já foi explorado nos mínimos detalhes por muitos escritores em todas as partes do planeta.

Capítulo 1

Sobre os motivos para a cortesã unir-se ao homem, sobre as formas de atrair o homem desejado e sobre o tipo de homem com quem deseja estabelecer relações

As cortesãs obtêm prazer sexual e sustento ao manter relações sexuais com homens. Quando uma cortesã se deita com um homem por amor, a ação é natural. Quando ela se une a ele com o propósito de obter dinheiro, a sua ação é artificial ou forçada. Mesmo neste último caso, no entanto, ela deve comportar-se como se o seu amor fosse natural, porque os homens depositam confiança nas mulheres que aparentemente os amam. Ao revelar seu amor pelo homem, ela deve demonstrar-se livre de cobiça e, pelo bem do seu futuro crédito com ele, não deve obter dinheiro dele por meios ilegais.

A cortesã, bem-vestida e enfeitada, deve sentar-se ou manter-se em pé na porta de sua casa e, sem expor-se muito, deve olhar para a rua de maneira a ser vista por quem passa, como se fosse um objeto à exposição para venda.[88] Ela deve fazer amizade com as pessoas que possam ajudá-la a separar os homens das outras mulheres e uni-los a ela, com o objetivo de reparar suas desgraças, de adquirir riqueza e de protegê-la de ameaças ou de ser agredida por pessoas com quem ela tenha assuntos de uma ou outra natureza.

Essas pessoas são:

88. Na Inglaterra, as cortesãs de classe inferior andam nas ruas. Na Índia e em outros lugares no Oriente, sentam-se à janela ou à porta de suas casas.

Os guardas da cidade, ou a polícia.
Os oficiais das cortes de justiça.
Astrólogos.
Homens poderosos, ou homens de negócios.
Homens instruídos.
Professores das 64 artes.
Pithamardas, ou confidentes.
Vitas, ou parasitas.
Vidushakas, ou bobos da corte.
Vendedores de flores.
Perfumistas.
Vendedores de bebidas alcoólicas.
Lavadores.
Barbeiros.
Mendigos.

E todas as outras pessoas que possam ser necessárias para o objetivo particular ser alcançado.

Os seguintes tipos de homens podem ser atraídos com o simples propósito de obter seu dinheiro:

Homens com renda própria.
Homens jovens.
Homens descomprometidos.
Homens que ocupam postos de autoridade sob as ordens do rei.
Homens que asseguraram os seus meios de sobrevivência sem qualquer dificuldade.
Homens possuidores de fontes infalíveis de renda.
Homens que se consideram bonitos.
Homens que estão sempre se autoelogiando.
O eunuco que deseja passar por homem.
Um que odeia os seus iguais.
Um que é evidentemente liberal.

Um que exerça influência junto ao rei ou a seus ministros.

Um que tem sempre sorte.

Um que tem orgulho de sua saúde.

Um que desobedece às ordens dos mais velhos.

Um que tenha os olhos dos membros da sua casta sempre pousados sobre ele.

Um filho único cujo pai goza de saúde.

Um asceta que está internamente inquieto pelo desejo.

Um homem corajoso.

Um médico do rei.

Amantes anteriores.

Por outro lado, deve-se recorrer aos que possuam excelentes qualidades com o objetivo de obter amor e fama. Esses homens são os seguintes:

Homens de bom nascimento, instruídos, com um bom conhecimento do mundo e que fazem as coisas certas nos momentos apropriados, poetas, bons contadores de histórias, homens eloquentes, enérgicos, habilidosos em várias artes, que enxerguem longe, dotados de mentes grandiosas, cheios de perseverança, de firme devoção, livres de raiva, liberais, afeiçoados aos pais e com gosto por todos os tipos de reunião em sociedade, habilidosos em completar versos começados por outros e em vários outros divertimentos, livres de qualquer tipo de doença, detentores de um corpo perfeito, fortes e não adeptos da bebida, poderosos no prazer sexual, sociáveis, que mostrem amor pelas mulheres e que atraiam os seus corações a eles mas que não sejam inteiramente devotos a elas, possuidores de meios independentes de sustento, livres de inveja e, por último, livres de qualquer suspeita.

Essas são as boas qualidades de um homem.

A mulher também deve possuir as seguintes características:

Deve ser bela e amável, com marcas corporais auspiciosas. Ela deve ter apreço pelas boas qualidades nas outras pessoas, e também apreço por riqueza. Deve ter prazer nas uniões sexuais que derivem do amor, possuir uma mente firme e ser do mesmo tipo que o homem no que se refere ao prazer sexual.

Ela deve estar sempre ansiosa para adquirir e obter experiência e conhecimento, ser livre de cobiça e sempre apreciar reuniões sociais e as artes.

As seguintes são as qualidades normais de todas as mulheres:

Possuir inteligência, boa disposição e boas maneiras. Ter comportamento honesto e ser grata. Considerar bem o futuro antes de fazer qualquer coisa. Possuir energia e ter um comportamento coerente e conhecimento sobre os momentos e locais adequados para fazer as coisas. Falar sempre sem maldade, risadas altas, malícia, raiva, cobiça, embotamento ou estupidez. Ter conhecimento do *Kama Sutra* e ser habilidosa em todas as artes nele contidas.

As faltas das mulheres são notadas na ausência de qualquer uma das qualidades mencionadas.

Os seguintes tipos de homens não servem para unir-se a cortesãs:

O tuberculoso. Um que pareça doente. Um cuja boca contenha vermes. Um cujo hálito cheire como o de excrementos humanos. Um cuja esposa lhe seja querida. Um que fale rudemente. Um que alimente suspeitas permanentes. Um que seja avarento. Um que seja cruel. Um que seja ladrão. Um que seja arrogante. Um que tenha gosto por bruxaria. Um que não se importe com respeito ou com desrespeito. Um que possa ser comprado até mesmo pelos inimigos. E, por último, um que seja extremamente tímido.

Autores antigos afirmam que os motivos para que uma cortesã se una a um homem são amor, medo, dinheiro, prazer, retribuição a algum ato de inimizade, curiosidade, luto, relações sexuais constantes, *Dharma*, fama, compaixão, desejo de ter um amigo, vergonha, semelhança do homem com alguém amado, procura por boa sorte, livrar-se do amor por outra pessoa, ser da mesma classe do homem do ponto de vista da união sexual, viver no mesmo lugar, constância e pobreza. Mas Vatsyayana julga que o desejo por riqueza, a libertação da falta de sorte e o amor são as únicas causas que afetam a união de cortesãs com os homens.

A cortesã não deve sacrificar seu dinheiro em nome do amor, porque o dinheiro é a coisa mais importante a ser levada em conta. Mas em casos de medo etc. ela pode prestar atenção à força e a outras qualidades. Além disso, mesmo que seja convidada por qualquer homem para juntar-se a ele, não deve consentir imediatamente, porque os homens tendem a desprezar coisas que são facilmente obtidas. Nesse momento, ela deve primeiro enviar os lavadores, os cantores e os bobos da corte que ela mantenha a seu serviço ou, na sua ausência, os *Pithamardas* ou confidentes, entre outros, para que descubram qual é o seu estado de espírito e a condição de sua mente. Por meio dessas pessoas, ela deve verificar se o homem é puro ou indigno, falso ou, pelo contrário, capaz de construir laços, ou indiferente, condescendente ou mesquinho. E, se ela achar que ele é do seu gosto, ela deve então usar o *Vita* e outras pessoas para prendê-lo a si.

Para isso, o *Pithamarda* deve trazer o homem à casa dela sob o pretexto de ver as brigas de codornas, galos e carneiros, de ouvir o som do *maina* (tipo de estorninho) ou de ver qualquer outro espetáculo ou a prática de alguma arte. Ou ele pode levar a mulher à casa do homem.

Depois disso, quando o homem vier à sua casa, a mulher deve dar a ele algo capaz de produzir curiosidade e amor no seu coração, como um presente dado com afeição, dizendo que foi feito especialmente para o seu uso. Ele pode também entretê-lo por um longo tempo contando-lhe histórias e fazendo coisas para que ele se alegre. Quando ele vai embora, ela deve enviar assiduamente até ele uma criada habilidosa em manter uma conversa divertida e também um pequeno presente. Ela também deve, algumas vezes, ir até ele sob o pretexto de resolver algum tema, acompanhada do *Pithamarda*.

Assim terminam os modos de prender o homem desejado.

Há também alguns versos sobre o tema:

"Quando o amante vem à sua casa, a cortesã deve oferecer-lhe uma mistura de folhas e nozes de bétele, guirlandas de flores e pomadas perfumadas e, mostrando as suas habilidades nas artes, deve entretê-lo durante uma longa conversa. Também deve dar-lhe alguns presentes amorosos e trocar algumas das suas coisas com ele e, ao mesmo tempo, deve mostrar-lhe a sua habilidade no prazer sexual. Quando a cortesã está unida ao seu amante, deve sempre alegrá-lo com presentes dados com afeição, pelo diálogo e pelo uso de formas delicadas de prazer".

Capítulo 2

Sobre viver como uma esposa

Quando a cortesã vive maritalmente com o seu amante, ela deve comportar-se como uma mulher casta e fazer tudo para satisfazê-lo. O seu dever nesse sentido, em resumo, é o de dar prazer sem ligar-se emocionalmente a ele, embora deva parecer realmente apegada.

A maneira como ela deve conduzir-se é a seguinte, com o propósito de atingir o objetivo mencionado:

Ela deve ter uma mãe que dependa dela, que possa ser descrita como muito rude e que considere o dinheiro o seu principal objetivo na vida. No caso de ela não ter mãe, então uma velha ama-seca de confiança pode desempenhar o mesmo papel. A mãe ou ama, por sua parte, deve parecer desagradada com o amante e levá-la à força para longe dele. A mulher deve aparentar raiva, tristeza, medo e vergonha por causa disso, mas não deve desobedecer à mãe ou à ama em nenhum momento.

Deve dizer à mãe ou ama que o homem está doente e, transformando isso em um pretexto, ela deve ir vê-lo. Além disso, deve realizar as seguintes coisas com o propósito de conquistar os favores do homem:

Enviar a sua criada para trazer as flores usadas por ele no dia anterior, com a intenção de usá-las para demonstrar afeição, e também para pedir a mistura de folhas e nozes de bétele que não foi usada por ele. Mostrar-se maravilhada com a sua habilidade no ato sexual e com as diversas formas de prazer usadas por ele. Aprender com ele as 64 formas de prazer mencionadas por Babhravya. Praticar continuamente os modos de prazer como foram ensinados por ele, de acordo com o seu gosto. Guardar os segredos dele. Contar-lhe seus próprios desejos e segredos. Conter a própria raiva. Jamais negligenciá-lo na cama quando ele virar-se para ela. Tocar quaisquer partes do corpo dele, de acordo com o seu desejo. Abraçá-lo e beijá-lo quando ele estiver adormecido. Olhar para ele com aparente ansiedade quando ele estiver perdido nos seus pensamentos ou pensando em qualquer outra coisa que não seja ela. Quando ele a encontra ou a vê, da rua, no terraço da sua casa, deve comportar-se de maneira a demonstrar nem completa falta de vergonha nem excesso de timidez. Odiar os seus inimigos. Amar os que são queridos por ele. Mostrar gosto pelo que ele aprecia. Ficar com bom ou mau estado de espírito, dependendo do estado em que ele se encontre. Expressar curiosidade por suas esposas. Não manter a raiva por muito tempo. Suspeitar até mesmo das marcas e lesões feitas pelas suas próprias unhas e dentes no corpo dele, achando que foram feitas por outra mulher. Manter o seu amor por ele sem ser expresso em palavras, mas evidenciado por ações, sinais e pistas. Permanecer em silêncio quando ele estiver dormindo, embriagado ou doente. Prestar muita atenção quando ele descrever suas boas ações e recitá-las depois para aumentar o seu prestígio e benefício. Responder de maneira inteligente se ele estabelecer laços suficientemente firmes com ela. Ouvir todas as suas histórias, exceto aquelas que se refiram a rivais. Expressar sentimentos de tristeza e pesar se ele suspirar, bocejar ou cair. Pronunciar a palavra "saúde" quando ele espirrar. Fingir estar doente ou ter o desejo de engravidar quando se sentir triste. Abster-se de ressaltar as boas qualidades de qualquer outra pessoa, e de censurar os que têm os mesmos problemas que ele. Usar qualquer coisa que lhe tenha sido dada por ele. Abster-se de usar ornamentos e de comer quando ele tiver dor, estiver doente, deprimido ou sofrendo de falta de sorte, e condoer-se junto com ele da situação. Expressar o desejo de acompanhá-lo se ele tiver que deixar o país ou se for banido pelo rei. Expressar o desejo de não viver mais depois da sua morte. Dizer a ele que o único motivo e desejo de sua vida é o de estar unida a ele. Oferecer sacrifícios previamente prometidos à divindade quando ele adquirir riqueza, ou tiver algum desejo satisfeito, ou quando ele se recuperar de alguma doença. Enfeitar-se todos os dias. Não agir com muita liberdade com ele. Recitar o seu nome e o de sua família nas suas canções. Colocar a mão dele nos quadris, nos seios e na fronte e dormir depois de sentir o prazer do seu toque. Sentar no seu colo e adormecer. Desejar ter um filho dele. Desejar não viver mais do que ele. Abster-se de revelar os seus segredos a outros. Dissuadi-lo de fazer promessas e jejuns ao dizer: "Deixe o pecado cair sobre mim". Cumprir as promessas e os jejuns junto com ele quando for impossível dissuadi-lo de fazê-los. Dizer a ele que promessas e jejuns são difíceis de ser cumpridos, mesmo por ela, quando discutir com ele por causa disso. Zelar pela saúde de ambos sem nenhuma distinção. Abster-se de ir a assembleias públicas sem ele, e acompanhá-lo quando ele desejar que ela o faça. Deliciar-se por usar coisas previamente usadas por ele, e por comer comida que ele tenha deixado de comer. Venerar a sua família, a sua disposição, a sua habilidade nas artes, a sua educação, a sua casta, a sua constituição física, o seu país natal, os seus amigos, as suas boas qualidades, a sua idade e o seu temperamento doce. Pedir a ele que cante e que faça outras coisas como essas, se ele puder. Ir até ele indiferente ao medo, frio, calor ou chuva. Dizer, referindo-se ao próximo mundo, que ele deveria amá-la mesmo lá. Adaptar as suas preferências, disposição e ações ao seu gosto. Abster-se de feitiçaria. Discutir continuamente com a mãe sobre a intenção de ir encontrá-lo e, quando levada à força pela mãe para outro lugar, expressar o seu desejo de morrer tomando veneno, abstendo-se de comer, esfaqueando-se com alguma arma branca ou enforcando-se. Por último, usar os seus agentes para deixar o homem seguro de sua constância e de seu amor, e receber dinheiro ela própria, e abster-se de qualquer disputa com a sua mãe a respeito de temas pecuniários.

Quando o homem viajar, ela deve fazê-lo jurar que voltará em breve e, na sua ausência, deve abandonar o seu voto de adorar a divindade e não deve usar nenhum ornamento além dos de boa sorte. Se a data fixada para o retorno passar, ela deve tratar de descobrir a data real por meio de presságios, de relatos do povo e pela posição dos planetas, da lua e das estrelas. Em momentos de alegria e de sonhos auspiciosos, ela deve dizer: "Permita que eu esteja em breve junto a ele". Se, além disso, ela se sentir melancólica ou vir qualquer presságio de má sorte, ela deve fazer um ritual para apaziguar a divindade.

Quando o homem retornar, ela deve adorar o deus Kama (ou seja, o cupido indiano) e oferecer sacrifícios a outras divindades e, tendo feito com que os amigos trouxessem um pote cheio de água, ela deve fazer o sacrifício em honra ao corvo que come as oferendas que fazemos aos espíritos dos parentes mortos. Depois que a primeira visita terminar, ela deve pedir ao amante que também pratique alguns rituais, o que ele fará se estiver suficientemente ligado a ela.

O homem é considerado suficientemente ligado à mulher quando o seu amor é desinteressado, quando ele tem o mesmo objetivo que a sua amada, quando ele não tem muitas suspeitas dela e quando é indiferente a dinheiro no que diz respeito a ela.

Essa é a forma de uma cortesã viver com um homem como se fosse uma esposa, estabelecida aqui para que seja seguida de acordo com as regras de Dattaka. O que não está especificado aqui deve ser feito de acordo com os costumes do povo, e com a natureza de cada indivíduo.

Há também dois versos sobre o tema:

"O tamanho do amor das mulheres é desconhecido, mesmo para aqueles que são objeto de sua afeição, por causa da sutileza do sentimento e por causa da ambição e da natural inteligência feminina".

"As mulheres raramente são conhecidas no seu íntimo, mesmo que elas amem os homens ou tornem-se indiferentes a eles, deem-lhes prazer, abandonem-nos, ou extraiam deles toda a riqueza que porventura possuam."

Capítulo 3

Sobre as formas de ganhar dinheiro, sobre os sinais de mudança dos sentimentos de um amante e sobre o modo de livrar-se dele

Tira-se dinheiro de um amante de duas formas:

Por meios normais ou legais e por artifícios. Os autores antigos são de opinião que quando a cortesã consegue obter tanto dinheiro quanto queira do amante, ela não deve usar artifícios. Mas Vatsyayana estabelece que, embora ela consiga obter algum dinheiro dele de forma normal, ele lhe dará o dobro quando ela lançar mão de artifícios, por isso pode-se recorrer ao artifício para extorquir dinheiro em qualquer circunstância.

Os artifícios que podem ser usados para obter dinheiro do amante são os seguintes:

1º Pedir-lhe dinheiro em diferentes ocasiões sob o pretexto de comprar vários artigos, como ornamentos, comida, bebida, flores, perfumes e roupas, sem comprá-los de fato, ou pedir-lhe mais dinheiro do que os artigos custam.

2º Elogiar-lhe a inteligência.

3º Fingir ser obrigada a dar presentes por ocasião de festivais relacionados com promessas, árvores, jardins, templos ou tanques.[89]

---

89. No fim de uma promessa, promove-se um festival. Algumas árvores, como a *Peepul* e a *Banyan*, são enfeitadas com cordões sagrados, como os brâmanes, e, no momento dessa cerimônia, se promove um festival. Da mesma forma, também promovem-se festivais quando são construídos jardins, templos e tanques.

4º Fingir que as suas joias foram roubadas pelos guardas do rei ou por assaltantes quando ela se dirigia à casa dele.

5º Alegar que a sua propriedade foi destruída pelo fogo, pelo desmoronamento da casa ou pela falta de cuidado dos servos.

6º Fingir ter perdido os ornamentos do amante, junto com os seus.

7º Fazer com que ele saiba, por meio de outras pessoas, dos gastos que ela faz para vê-lo.

8º Contrair dívidas em nome do amante.

9º Discutir com a mãe sobre algum gasto feito para o amante, mas que não foi aprovado pela mãe.

10º Não comparecer a festas ou festividades nas casas dos amigos por causa dos presentes que precisaria oferecer-lhes, tendo ela informado previamente ao amante sobre os valiosos presentes que ela já deu para esses mesmos amigos.

11º Não fazer certos rituais festivos sob o pretexto de que não tem dinheiro para gastar com isso.

12º Contratar artistas para apresentar-se para seu amante.

13º Entreter médicos e ministros com o propósito de atingir algum objetivo.

14º Ajudar amigos e benfeitores tanto nas ocasiões festivas como nas de desgraça.

15º Promover rituais domésticos.

16º Precisar pagar as despesas da cerimônia de casamento do filho de uma amiga.

17º Satisfazer desejos durante a gravidez.

18º Fingir estar doente e apresentar os seus gastos com tratamento.

19º Ajudar um amigo com problemas.

20º Vender alguns de seus ornamentos para dar um presente ao amante.

21º Fingir vender alguns dos seus ornamentos, móveis ou utensílios de cozinha para um mercador que já tenha sido instruído sobre como se comportar na ocasião.

22º Comprar utensílios de cozinha mais caros do que os das outras pessoas para que eles possam ser diferenciados com facilidade e não sejam trocados por outros de qualidade inferior.

23º Lembrar os favores que o amante lhe fazia antigamente, fazendo com que os seus amigos e seguidores também falem sobre eles.

24º Informar o amante sobre os ganhos mais altos de outras cortesãs.

25º Descrever diante delas e na presença do amante os seus próprios ganhos, que são altos, fazendo com que eles pareçam maiores ainda do que os delas, mesmo que não sejam.

26º Opor-se abertamente à sua mãe quando ela tenta persuadi-la a unir-se a homens com quem já se deitou por causa do alto lucro que ela teria com eles.

27º Por último, descrever para o amante a generosidade dos seus rivais.

Assim terminam as várias formas de obter dinheiro.

A mulher deve sempre conhecer o estado de espírito, os sentimentos e a disposição do amante em relação a ela pelas mudanças do seu temperamento, pelo seu comportamento e pela cor do seu rosto.

O comportamento de um amante cujo sentimento enfraquece é o seguinte:

1º Dá à mulher menos do que é necessário ou pouco mais do que é pedido.

2º Ilude-a com promessas.

3º Finge fazer uma coisa e faz outra.

4º Não atende aos seus desejos.

5º Esquece suas promessas ou realiza o que não prometeu.

6º Fala com os próprios criados de maneira misteriosa.

7º Dorme em outra casa sob o pretexto de ter que fazer algo por um amigo.

8º Por último, fala em particular com as servas de uma mulher de quem já foi amante.

Quando a cortesã percebe que a disposição de seu amante com ela está mudando, deve apossar-se das melhores coisas dele antes que ele perceba as suas intenções e peça a um suposto credor que tire essas coisas dela à força para cobrir um débito inventado. Depois disso, se o amante é rico e sempre se comportou bem, ela deve tratá-lo com o máximo de respeito. Mas, se ele for pobre e sem recursos, ela deve livrar-se dele como se não o conhecesse.

Os meios para livrar-se de um amante são os seguintes:

1º Descrever os hábitos e vícios do amante como desagradáveis e censuráveis, com um sorriso de escárnio e batendo os pés.

2º Falar sobre um tema com o qual ele não esteja familiarizado.

3º Mostrar nenhuma admiração pelo seu conhecimento, censurando-o por causa dele.

4º Atacar o seu orgulho.

5º Procurar a companhia de homens superiores em conhecimento e em sabedoria.

6º Mostrar desconsideração por ele em todos os momentos.

7º Censurar homens que possuam os mesmos problemas que o seu amante.

8º Expressar insatisfação com todas as formas de prazer utilizadas por ele.

9º Recusar-lhe a boca para beijar.

10º Impedir-lhe o acesso à *jaghana*, ou seja, a parte do corpo entre o umbigo e as coxas.

11º Mostrar desprazer com as marcas feitas pelos seus dedos e unhas.

12º Não se aproximar muito dele quando ele a abraça.

13º Manter seus membros imóveis durante a união sexual.

14º Pedir que ele a desfrute quando está fatigado.

15º Rir da sua ligação com ela.

16º Não corresponder aos seus abraços.

17º Afastar-se dele quando ele começa a abraçá-la.

18º Fingir estar adormecida.

19º Sair para fazer visitas ou procurar companhia quando ela percebe o seu desejo de desfrutá-la durante o dia.

20º Interpretar mal as suas palavras.

21º Rir sem que haja uma piada ou, no momento de qualquer piada feita por ele, rir por outro motivo.

22º Olhar de lado para os seus próprios criados, batendo palmas quando ele diz qualquer coisa.

23º Interrompê-lo no meio das histórias e começar a contar uma história ela própria.

24º Recitar suas falhas e seus vícios, declarando-os incuráveis.

25º Dizer às suas criadas palavras calculadas para cortar o coração do amante até o âmago.

26º Tomar cuidado para não olhar para ele quando ele vem até ela.

27º Pedir-lhe o que não pode ser dado.

28º E, por fim, dispensá-lo.

Também há dois versos sobre o tema:

"O dever da cortesã consiste em formar conexões com homens adequados depois da devida ponderação, em fazer com que a pessoa a quem ela está unida se ligue a ela, em obter riqueza da pessoa ligada a ela e então dispensá-la, após tomar-lhe todas as posses".

"A cortesã hábil nesse modo de vida não tem problemas com muitos amantes e obtém abundante riqueza."

Capítulo 4

Sobre uma nova união com um antigo amante

Quando a cortesã abandona o amante atual depois que a riqueza dele terminou, pode então considerar a hipótese de uma reconciliação com um antigo amante. Mas ela só deve voltar para ele se ele adquiriu nova riqueza, se ainda é rico e se ele ainda se sentir ligado a ela. Se ele viver com outra mulher naquele momento, a cortesã deve ponderar bem a situação antes de agir.

O homem pode encontrar-se em somente uma das seis seguintes situações:

1º Pode ter deixado a primeira mulher (a cortesã) por vontade própria, e ainda outra mulher desde então.

2º Pode ter sido mandado embora pelas duas mulheres.

3º Pode ter deixado a primeira mulher por vontade própria e ter sido mandado embora pela outra.

4º Pode ter deixado a primeira mulher por vontade própria e estar vivendo com outra.

5º Pode ter sido mandado embora pela primeira mulher e deixado a segunda por vontade própria.

6º Ele pode ter sido mandado embora pela primeira mulher e estar vivendo com outra.

1. Se o homem deixou ambas as mulheres por vontade própria, não se deve recorrer a ele por causa da sua inconstância e da sua indiferença pela excelência das duas.

2. Sobre o homem que pode ter sido mandado embora pelas duas mulheres: se ele foi mandado embora pela última porque ela poderia obter mais dinheiro de outro homem, então se deve recorrer a ele, já que, ao voltar a unir-se à primeira mulher, ele deverá dar-lhe mais dinheiro do que a qualquer outra mulher por vaidade e ambição. Mas se ele foi mandado embora por causa da sua pobreza ou mesquinharia, então não se deve recorrer a ele.

3. No caso do homem que pode ter deixado a primeira mulher por vontade própria e ter sido mandado embora pela segunda, deve-se recorrer a ele se ele concordar em voltar para a primeira e dar-lhe uma grande quantia antecipadamente.

4. No caso do homem que pode ter deixado a primeira mulher por vontade própria e estiver vivendo com outra mulher, a primeira (desejosa de unir-se com ele novamente) deve primeiro certificar-se de que ele a deixou porque tinha a esperança de encontrar alguma qualidade particular em outra mulher e que, não tendo encontrado essa qualidade, desejava voltar para ela e dar-lhe muito dinheiro para compensar a sua conduta, porque a sua afeição por ela ainda existia.

Ou, então, tendo descoberto muitas falhas na outra mulher, ele pode agora ver ainda mais qualidades na primeira do que as reais, e estaria preparado para oferecer-lhe muito dinheiro por causa dessas qualidades.

Ou, finalmente, investigar se ele era um homem fraco, desejoso de desfrutar de muitas mulheres, ou se gostava de uma mulher pobre ou se nunca fez algo pela mulher com quem estava. Depois de levar todas essas coisas em consideração, ela deve, de acordo com as circunstâncias, recorrer a ele ou não.

5. A respeito do homem que pode ter sido mandado embora pela primeira mulher e deixou a segunda por

vontade própria, a primeira mulher (desejando reunir-se a ele) deve em primeiro lugar verificar se ele ainda tem alguma afeição por ela e se gastaria consequentemente muito dinheiro com ela, ou se, sentindo-se ainda ligado às suas excelentes qualidades, não encontrou alegria com nenhuma outra mulher, ou, então, tendo sido mandado embora antes de satisfazer completamente os seus desejos sexuais, ele desejava voltar para ela para vingar-se da injúria cometida contra ele, ou, então, se ele desejava criar confiança na mente dela e então tomar de volta a riqueza que ela lhe tirou e finalmente destruí-la, ou, por último, se ele desejava primeiro separá-la de seu atual amante e em seguida se separar dela. Se, depois de considerar todas essas possibilidades, ela julgar que as intenções dele são realmente puras e honestas, ela pode unir-se novamente a ele. Mas, se a mente dele estiver de alguma forma maculada por más intenções, ele deve ser evitado.

6. No caso do homem que pode ter sido mandado embora pela primeira mulher e está vivendo com outra, se ele fizer sondagens no sentido de voltar para a primeira, a cortesã deve pensar bem antes de agir e, enquanto a outra mulher estiver preocupada em atraí-lo para si, ela deve tentar (embora de forma discreta) reconquistá-lo, fazendo a si mesma as seguintes considerações:

1º Que ele foi mandado embora injustamente e sem nenhuma razão apropriada e que, agora que ele está com outra mulher, todos os esforços devem ser feitos para trazê-lo de volta.

2º Que, se ele conversasse comigo uma só vez, romperia com a outra mulher.

3º Que, usando o meu antigo amante, poderei denegrir o orgulho de meu atual amante.

4º Que ele enriqueceu, conquistou uma alta posição e tem uma posição de autoridade sob o rei.

5º Que ele está separado da esposa.

6º Que ele agora é independente.

7º Que ele vive longe do pai ou do irmão.

8º Que, ao fazer as pazes com ele, serei capaz de conquistar um homem muito rico que hoje não vem até mim por causa do meu atual amante.

9º Que, não sendo ele respeitado pela esposa, serei capaz de separá-lo dela.

10º Que o amigo desse homem ama minha rival, que me odeia cordialmente. Com isso, separarei o amigo da sua amante.

11º E, por último, lançarei descrédito sobre ele ao trazê-lo de volta para mim, e, assim, mostrarei a inconstância de seu espírito.

Quando a cortesã está decidida a voltar para um amante antigo, o seu *Pithamarda* e outros servos devem dizer a ele que a sua expulsão da casa da mulher foi causada pela perversidade da mãe dela, que a mulher o amava tanto quanto antes naquela época, mas não pôde evitar o ocorrido por causa da sua deferência com o desejo da mãe e que odiou estar unida ao atual amante, que a desagrada ao extremo. Além disso, eles devem criar confiança no homem ao falar sobre o antigo amor dela por ele, e devem lembrá-lo sobre a marca daquele amor da qual ela sempre recordava. Essa marca do seu amor deve estar ligada com algum tipo de prazer que ele praticasse, como o seu modo de beijá-la ou de unir-se a ela.

Assim terminam as formas de concretizar uma reconciliação com um antigo amante.

Quando a mulher tem que escolher entre dois amantes, sendo um deles anteriormente ligado a ela enquanto que o outro é um estranho, os *Acharyas* (sábios) são da opinião de que o primeiro é o preferido, porque, sendo a sua disposição e caráter já conhecidos pela cuidadosa observação prévia, ele pode ser facilmente agradado e satisfeito. Mas Vatsyayana acha que um antigo amante, tendo já gasto grande parte de sua fortuna, não pode ou não deseja dar muito dinheiro de novo, e por isso não se deve contar com ele mais do que com um estranho. Casos particulares podem fazer surgir dissonâncias dessa regra geral devido às diferentes naturezas dos homens.

Há estes versos sobre tal tema:

"Uma reconciliação com um amante antigo pode ser desejável para separar uma determinada mulher de um determinado homem, ou um determinado homem de uma determinada mulher, ou para causar algum efeito sobre o atual amante".

"Quando um homem está excessivamente ligado a uma mulher, ele tem medo que ela entre em contato com outros homens. Ele então não leva em conta nem presta atenção às suas falhas, e dá a ela muita riqueza por medo que ela o deixe."

"A cortesã deve ser agradável com o homem que está ligado a ela e desprezar o homem que não cuida dela. Se, enquanto ela estiver vivendo com um homem, um mensageiro de outro vier até ela, ela deve recusar-se a ouvir qualquer negociação de sua parte ou então fixar uma data para que ele a visite, mas ela não deve deixar o homem que possa estar vivendo com ela e que tenha uma ligação com ela."

"Uma mulher inteligente só deve unir-se novamente a um amante antigo se ela estiver convencida de que os resultados dessa união serão boa sorte, lucro, amor e amizade."

Capítulo 5

Sobre diferentes tipos de ganho

Quando a cortesã consegue ganhar muito dinheiro por dia porque tem muitos clientes, ela não deve ater-se a um único amante. Sob essas circunstâncias, ela deve fixar seu preço para uma noite depois de avaliar o local, a época e a situação das pessoas, também levando em conta as suas próprias boas qualidades e aparência e depois de comparar os seus preços com os de outras cortesãs. Ela pode informar aos seus amantes, amigos e conhecidos sobre essas mudanças. Se, no entanto, conseguir obter uma grande quantia de um só amante, deve unir-se somente a ele e viver com ele como esposa.

A opinião dos sábios é de que, quando uma cortesã tem a chance de obter um ganho igual de dois amantes ao mesmo tempo, a preferência deve ser dada ao que lhe dará o que ela deseja. Mas Vatsyayana diz que a preferência deve ser do que lhe der ouro, porque não pode ser tomado de volta como outras coisas, pode ser facilmente recebido e é também um meio de alcançar tudo o que uma pessoa deseja. Sobre coisas como ouro, prata, cobre, bronze, ferro, potes, móveis, camas, roupas exteriores, roupas de baixo, substâncias perfumadas, recipientes feitos de casca de abóbora, manteiga clarificada, óleo, milho, gado e outras da mesma natureza, a primeira citada, ou seja, o ouro, é sempre superior às seguintes.

Quando o mesmo trabalho é necessário para conquistar dois amantes ou quando aquilo que obterá de ambos é igual, a escolha deve ser feita com o conselho de um amigo e pode ser feita por causa das qualidades pessoais ou pelos sinais de boa ou má sorte que possam estar conectados a eles.

Quando há dois amantes, sendo um deles ligado à cortesã e o outro somente muito generoso, os sábios dizem que a preferência deve ser dada ao generoso, mas Vatsyayana acha que aquele realmente ligado à cortesã deve ser o preferido, porque ele pode tornar-se generoso, já que mesmo um pão-duro dá dinheiro ao tornar-se adorador de uma mulher, enquanto um homem que é somente generoso não pode ser induzido a amar com uma real ligação. Mas entre os que são ligados a ela, se um deles for pobre e o outro for rico, a preferência óbvia é para o último.

Quando há dois amantes e um deles é generoso e o outro está sempre pronto a fazer qualquer serviço para a cortesã, alguns sábios dizem que o que está sempre pronto a fazer o serviço deveria ser preferido, mas Vatsyayana é de opinião que um homem que faz um serviço acha que atingiu o seu objetivo quando fez alguma coisa pela primeira vez, ao passo que um homem generoso não presta atenção para o que já deu. Mesmo nesse caso, a escolha deve ser guiada pela probabilidade de que ela atinja o futuro objetivo que se derivaria da união com um deles.

Quando um dos dois amantes é grato e o outro é liberal, alguns sábios dizem que o liberal deve ser preferido, mas Vatsyayana defende que o primeiro deve ser escolhido, porque os homens liberais normalmente são arrogantes, francos e têm pouca consideração pelos outros. Mesmo que esses homens liberais tenham convivido de maneira amigável durante um longo tempo, se eles virem alguma falha na cortesã ou ouvirem alguma mentira sobre ela contada por outra mulher, eles não levam em consideração os serviços prestados e partem abruptamente. Por outro lado, um homem grato não se desliga da cortesã repentinamente, por causa do seu respeito pelos sacrifícios que ela possa ter feito para agradá-lo. Também nesse caso, a escolha deve ser guiada com vistas ao que pode acontecer no futuro.

Quando coincidirem a ocasião para concordar com o pedido de um amigo e a chance de obter dinheiro, os sábios dizem que a chance de obter dinheiro deve ter preferência. Mas Vatsyayana pensa que o dinheiro pode ser obtido tanto amanhã como hoje, mas que um amigo pode tornar-se um desafeto se o seu pedido não for atendido logo. Mesmo nesse caso, ao fazer uma escolha, deve-se prestar atenção no futuro.

Numa ocasião como essa, no entanto, a cortesã pode acalmar o seu amigo dizendo que tem algum trabalho para fazer e garantindo-lhe que o seu pedido será atendido no dia seguinte, assegurando, assim, a oportunidade de obter o dinheiro que lhe foi oferecido.

Quando a chance de obter dinheiro e a chance de evitar algum desastre aparecem ao mesmo tempo, os sábios opinam que a chance de ganhar dinheiro deve ter preferência, mas Vatsyayana diz que o dinheiro tem importância limitada, ao passo que um desastre evitado não voltará a ocorrer. Nesse caso, no entanto, a escolha deve se guiar pelo tamanho do desastre.

Os ganhos das cortesãs mais ricas e de melhor estirpe devem ser gastos das seguintes maneiras:

Construindo templos, fontes e jardins. Oferecendo mil vacas a vários brâmanes. Adorando aos deuses e celebrando festivais em sua honra. Por último, fazendo as promessas que estejam ao seu alcance.

Os ganhos das outras cortesãs devem ser gastos das seguintes formas:

Comprando um vestido branco para usar diariamente. Comprando comida e bebida suficiente para satisfazer a fome e a sede. Usando enfeites banhados em ouro. Os sábios dizem que esses são os ganhos de toda a classe média e baixa de cortesãs, mas Vatsyayana é de opinião que os seus ganhos não podem ser calculados ou fixados de nenhuma forma, já que dependem da influência do local, dos costumes, da aparência e de muitas outras coisas.

Uma cortesã pode aceitar uma pequena soma de dinheiro de maneira amigável por qualquer uma das seguintes razões: quando quer manter um homem afastado das outras mulheres, ou deseja afastá-lo de alguma mulher a quem ele esteja ligado, ou privar alguma mulher dos ganhos obtidos dele, ou se ela pensa que pode melhorar a sua posição social, ou desfrutar de um bom destino, ou tornar-se desejável por todos os homens ao unir-se a esse homem, ou deseja a ajuda dele para reverter algum azar, ou está realmente ligada a ele e o ama, ou deseja ferir alguém através dele, ou respeita algum favor antigo feito a ela por ele, ou deseja unir-se com ele meramente por desejo.

Uma cortesã deve esforçar-se para obter todo o dinheiro que conseguir o mais rapidamente possível em qualquer uma das seguintes situações: quando tem a intenção de abandonar um determinado amante e ocupar-se de outro, ou quando ela tem razões para crer que o amante em breve a deixará e voltará para suas esposas, ou que, tendo gasto todo o seu dinheiro e tornando-se pobre, o seu guardião, ou mestre, ou pai virá para levá-lo embora, ou que o amante está prestes a perder a sua posição ou, por último, se ele tiver uma mente muito inconstante.

Por outro lado, quando a cortesã crê que o seu amante está prestes a receber presentes de valor, conquistar uma posição de autoridade sob o rei, prestes a herdar uma fortuna, que o seu navio chegará brevemente carregado de mercadorias, que ele tem um grande estoque de milho e outros produtos, que se algo feito por ele não terá sido em vão ou que ele sempre cumpre a palavra, então ela deve pensar no seu futuro bem-estar e viver com esse homem como uma esposa.

Há também os seguintes versos sobre o tema:

"Ao considerar os seus atuais ganhos e o seu bem-estar futuro, uma cortesã deve evitar as pessoas que obtiveram os seus meios de subsistência com muita dificuldade e também aqueles que se tornaram egoístas e duros de coração ao tornarem-se favoritos do rei".

"Ela deve esforçar-se para unir-se a pessoas prósperas e ricas e àqueles que é perigoso evitar ou desdenhar de qualquer forma. Mesmo com algum custo para ela, deve travar relações com homens viris e generosos que, quando satisfeitos, darão a ela grandes somas de dinheiro, mesmo por pequenos serviços ou coisas insignificantes."

Capítulo 6

Sobre ganhos e perdas, ganhos e perdas secundários e dúvidas e também sobre os diferentes tipos de cortesãs

Às vezes acontece que, enquanto se persegue ou espera ganhos, o único retorno de nossos esforços são perdas. As causas dessas perdas são:

Intelecto fraco.
Amor excessivo.
Orgulho excessivo.
Arrogância excessiva.
Inocência excessiva.
Confiança excessiva.
Raiva excessiva.
Falta de cuidado.
Imprudência.
Influência de um espírito mau.
Circunstâncias inesperadas.

Os resultados dessas perdas são:

Gastos sem nenhum retorno.
Destruição da futura boa sorte.
Perda de ganhos prestes a ser obtidos.
Perda do que já se obteve.
Desenvolvimento de temperamento irritável.
Hostilidade.
Prejuízo para a saúde.
Perda de cabelo e outros acontecimentos.

Os ganhos são de três tipos: ganho de riqueza, ganho de mérito religioso e ganho de prazer. De maneira similar, as perdas são de três tipos: perda de riqueza, perda de mérito religioso e perda de prazer. No momento em que os ganhos são perseguidos, se com eles vierem outros, esses são chamados de ganhos secundários. Quando o ganho é incerto, a dúvida de que seja um ganho é chamada de dúvida simples. Quando há uma dúvida sobre se uma entre duas coisas ocorrerá, isso é chamado de dúvida dupla. Se, enquanto uma coisa está sendo feita, ocorrem dois resultados, isso é chamado de combinação de dois resultados; se vários resultados seguem-se à mesma ação, isso é chamado de combinação de resultados de todos os lados.

Daremos agora exemplos do que foi descrito.

Como foi determinado, os ganhos são de três tipos, e as perdas, que se opõem aos ganhos, também.

a. Quando a cortesã, ao viver com um homem importante, adquire riqueza e, além disso, trava relações com outras pessoas obtendo assim a possibilidade de construir uma futura fortuna e, ao ter acesso à riqueza, ela torna-se desejada por todos, isso é chamado de ganho de riqueza acompanhado por outro ganho.

b. Quando a cortesã simplesmente ganha dinheiro por viver com um homem, isso é chamado de ganho de riqueza sem qualquer outro ganho.

c. Quando a cortesã recebe dinheiro de outras pessoas além do amante, os resultados são: a possibilidade de perder o proveito futuro proveniente do atual amante, a possibilidade de desafeto de um homem que está hoje ligado a ela de maneira segura, o ódio de todos e a possibilidade de união com uma pessoa inferior destruir o seu futuro. Esse ganho é chamado de ganho de riqueza acompanhado por perdas.

d. Quando a cortesã, com gasto próprio e sem nenhum retorno em forma de ganhos, tem uma conexão com um homem importante ou um ministro avaro com o objetivo de evitar alguma desgraça ou de remover a ameaça de destruição de um grande ganho, essa perda é chamada de perda de riqueza acompanhada por ganhos de um bom futuro que está por vir.

e. Quando a cortesã é afável, mesmo às suas próprias custas, com um homem muito mesquinho, com um homem orgulhoso de sua aparência ou com um homem ingrato especialista em conquistar corações, sem qualquer lucro resultando dessas conexões, essa perda é chamada de perda de riqueza sem qualquer tipo de ganho.

f. Quando a cortesã é amável com homens como os descritos acima, mas que desfrutam favores do rei, e além disso são cruéis e poderosos, e não obtém nenhum retorno no final, com a possibilidade de ser abandonada a qualquer momento, essa perda é chamada de perda de riqueza acompanhada por outras perdas.

Dessa forma, ganhos e perdas e ganhos e perdas secundários em mérito religioso e em prazer podem tornar-se conhecidos do leitor, que também pode fazer combinações de todos eles.

Isso encerra os comentários sobre ganhos e perdas e sobre ganhos e perdas secundários.

A seguir, trataremos das dúvidas, que são novamente de três tipos: sobre riqueza, sobre mérito religioso e sobre prazeres.

Os exemplos são os seguintes:

a. Quando a cortesã não tem certeza sobre o quanto um homem dará a ela ou gastará com ela, isso é chamado de dúvida sobre riqueza.

b. Quando a cortesã sente-se em dúvida sobre abandonar inteiramente o amante de quem ela não consegue obter dinheiro, tendo ela já tirado toda a sua riqueza, essa dúvida é chamada de dúvida sobre mérito religioso.

c. Quando a cortesã não consegue conquistar um amante do seu gosto e está incerta sobre se conseguirá obter prazer de uma pessoa que está rodeada pela família, ou de uma pessoa inferior, isso é chamado de dúvida sobre prazeres.

d. Quando a cortesã está incerta sobre se um rapaz poderoso e de poucos princípios causará algum prejuízo a ela por ela não ser cortês com ele, isso é chamado de dúvida sobre perda de riqueza.

e. Quando a cortesã tem dúvidas sobre se perderá mérito religioso ao abandonar um homem ligado a ela sem fazer-lhe qualquer favor, causando a ele infelicidade nesse mundo e no próximo, essa dúvida é chamada de dúvida sobre perda de mérito religioso.

f. Quando uma cortesã está incerta sobre criar desafeição ao expressar-se livremente e revelar o seu amor, e por isso deixar de ter o seu desejo satisfeito, isso é chamado de dúvida sobre a perda de prazeres.

Assim terminam os comentários sobre as dúvidas.

Dúvidas mistas

a. A relação ou conexão com um estrangeiro cuja disposição é desconhecida e que pode ter sido apresentado por um amante ou por alguém com autoridade pode resultar tanto em ganho quanto em perda, e, então, isso é chamado de dúvida mista sobre ganho e perda de riqueza.

b. Quando a cortesã é requisitada por um amigo, ou é impelida por pena a ter relações com um brâmane instruído, um estudante religioso, um sacrificador, um devoto ou um asceta que tenha se apaixonado por ela e que pode estar por causa disso a ponto de morrer, ela pode, com isso, ganhar ou perder mérito religioso, o que é chamado de dúvida mista sobre ganho e perda de mérito religioso.

c. Se a cortesã baseia-se somente no relato de outras pessoas a respeito de um homem e vai até ele sem assegurar-se de que ele possua ou não boas qualidades, ela pode tanto ganhar como perder prazer à medida que ele seja bom ou mau, e então isso é chamado de dúvida mista sobre ganho e perda de prazeres.

Uddalaka descreve os ganhos e perdas pelos dois lados da seguinte maneira:

a. Se, ao viver com um amante, a cortesã obtém tanto riqueza quanto prazer, isso é chamado de ganho pelos dois lados.

b. Quando a cortesã vive com o amante, com o seu próprio dinheiro e sem tirar nenhum lucro disso, e o amante ainda tira dela o que ele pode um dia ter lhe dado, isso é chamado de perda pelos dois lados.

c. Quando a cortesã não tem certeza se uma pessoa com quem ela travou relações se tornará ligada a ela e, além disso, tem dúvidas se ele lhe dará algumas coisa se vier a ligar-se a ela, isso se chama dúvida de ambos os lados sobre ganhos.

d. Quando a cortesã não tem certeza se um velho inimigo que foi reconquistado por ela com gastos pode fazer-lhe algum dano por causa do seu rancor por ela, ou se, ao ligar-se a ela, ele pode em um momento de fúria tirar o que ele possa ter dado a ela, isso se chama de dúvida de ambos os lados sobre perdas.

Babhravya descreveu os ganhos e perdas pelos dois lados da seguinte forma:

a. Quando a cortesã tem a possibilidade de obter dinheiro de um homem que ela verá e também dinheiro de um homem que ela não verá, isso é chamado de ganho pelos dois lados.

b. Quando a cortesã tem que arcar com uma despesa para ir ver um homem e também corre o risco de uma perda irremediável se não for vê-lo, isso é chamado de perda pelos dois lados.

c. Quando a cortesã está incerta sobre se um homem determinado lhe dará alguma coisa se ela for vê-lo, sem que ela faça gastos com isso, ou sobre se, ao negligenciá-lo, outro homem lhe dará algo, isso é chamado de dúvida pelos dois lados sobre ganho.

d. Quando a cortesã não tem certeza se, ao ir às suas próprias custas ver um velho inimigo, ele poderá tirar dela o que lhe deu ou se, ao não ir vê-lo, ele poderá fazer cair alguma desgraça sobre ela, isso é chamado de dúvida pelos dois lados sobre perda.

Combinando todos os casos, produzem-se os seguintes seis tipos de resultados mistos:

a. Ganho de um lado e perda do outro.

b. Ganho de um lado e dúvida sobre ganho do outro.

c. Ganho de um lado e dúvida sobre perda do outro.

d. Perda de um lado e dúvida sobre ganho do outro.

e. Dúvida sobre ganho de um lado e dúvida sobre perda do outro.

f. Dúvida sobre perda de um lado e perda do outro.

A cortesã, tendo levado todas essas coisas em consideração e ouvido o conselho de seus amigos, deve agir com a intenção de adquirir ganhos, de ter chances de obter um grande ganho e de evitar qualquer grande desastre. O mérito religioso e o prazer devem ser considerados em diferentes combinações com coisas como saúde, devendo então ser combinados um com o outro para formar novos arranjos.

Quando a cortesã se une a homens, ela deve fazer com que cada um deles lhe dê dinheiro, assim como prazer. Em momentos específicos, como os festivais de primavera etc. ela deve fazer com que a sua mãe anuncie para vários homens que em um determinado dia a sua filha ficará com o homem que satisfizer tais e tais desejos dela.

Quando homens jovens se aproximarem dela com deleite, ela deve pensar sobre o que ela conseguirá por intermédio deles.

A combinação de ganhos e perdas por todos os lados são: ganho de um lado e perda em todos os outros, perda de um lado e ganho de todos os outros, ganho de todos os lados, perda de todos os lados.

A cortesã também deve avaliar dúvidas sobre ganho e dúvidas sobre perda levando em conta também a saúde, o mérito religioso e o prazer.

Assim terminam as observações sobre ganho, perda, ganhos secundários, perdas secundárias e dúvidas.

Estes são os diferentes tipos de cortesãs:

A cafetina.
A criada.
A lasciva.
A dançarina.
A artesã.
A mulher que abandonou a família.
A mulher que vive da beleza.
E, por último, a prostituta comum.

Todos os tipos de cortesã relacionam-se com vários tipos de homens, devendo levar em conta as várias formas de obter dinheiro deles, de dar-lhes prazer, de separar-se deles e de fazer uma nova união com eles. Elas também devem considerar ganhos e perdas específicos, ganhos e perdas secundários e dúvidas de acordo com as várias situações em que se encontrem.

Assim terminam as considerações sobre as cortesãs.

Há também dois versos sobre o tema:

"Os homens querem prazer, enquanto as mulheres querem dinheiro, e por isso esta parte,[90] que trata dos meios de obter riqueza, deve ser estudada".

"Há mulheres que buscam amor, e há as que buscam dinheiro. Para as últimas, os caminhos do amor são descritos em partes prévias deste livro, enquanto os caminhos do dinheiro, como devem ser praticados pelas cortesãs, são descritos nesta parte."

FIM DA PARTE VI

90. Do livro. (N.T.)

PARTE VII

Sobre os modos de atrair os outros

Capítulo 1

Sobre adornos pessoais, sedução, corações e medicamentos tônicos

Quando uma pessoa falha ao tentar obter o objeto de seu desejo por meio de qualquer uma das estratégias previamente relatadas, ela deve então recorrer a outros meios para atrair pessoas.

Boa aparência, boas qualidades, juventude e liberalidade são os meios principais e mais naturais para tornar uma pessoa agradável aos olhos dos outros. Mas, na ausência desses atributos, o homem ou a mulher devem recorrer a meios artificiais, ou à arte, e as receitas que podem ser úteis são as seguintes:

a. Uma pomada feita da *Tabernamontana coronaria*, de *Costos speciosus* ou *arabicus*[91] e da *Flacourtia cataphracta*[92] pode ser usada como unguento ou adorno.

b. O pigmento negro produzido quando um pó fino fabricado com essas plantas é aplicado na mecha de uma lâmpada que queima com óleo de sulfato de cobre, ao ser aplicado nos cílios, faz com que uma pessoa pareça encantadora.

c. O óleo do heracleum, de *Echites putescens*, da planta *sarina*, do amaranto amarelo, e a folha da ninfeia, se aplicado no corpo, produz o mesmo efeito.

---

91. Plantas da família das zingiberáceas, a mesma do gengibre, conhecidas no Brasil respectivamente como canela-de-ema e caninha-do-brejo. (N.T.)

92. Planta que dá frutos parecidos com a ameixa, usados com fins medicinais na Índia, como, por exemplo, contra a diarreia. (N.T.)

d. Um pigmento negro produzido com as mesmas plantas produz um efeito similar.

e. Ao comer o pó da flor-de-lótus, do lótus-azul e de *Mesna roxburghii*, com manteiga clarificada e mel, o homem torna-se adorável aos olhos dos outros.

f. Uma pomada que misture as coisas acima com *Tabernamontana coronária* e *Xanthochymus pictorius* produz os mesmos resultados.

g. O osso de um pavão ou de uma hiena, coberto com ouro e amarrado na mão direita, torna um homem adorável aos olhos de outras pessoas.

h. Da mesma forma, se uma conta feita da semente da jujuba ou da concha de um caracol marinho for encantada com os encantamentos mencionados no *Atharvana Veda*, ou com os encantamentos dos habilidosos na ciência da magia, e depois amarrada na mão, ela produzirá os mesmos efeitos descritos acima.

i. Quando uma criada chega à puberdade, o seu mestre deve mantê-la isolada e, quando alguém a desejar ardentemente por causa do isolamento e por causa da dificuldade em aproximar-se dela, deve então dar a sua mão à pessoa que lhe dará riqueza e felicidade.

Tais são os meios de aumentar a beleza de uma pessoa sob os olhos dos outros.

Da mesma forma, quando a filha de uma cortesã chega à puberdade, a mãe deve reunir vários homens jovens da mesma idade, disposição e conhecimento que a filha e dizer a eles que a dará em casamento à pessoa que lhe der presentes de um determinado tipo.

Depois disso, a filha deve ser mantida em reclusão pelo maior tempo possível, e a mãe deve oferecê-la em casamento ao homem que estiver pronto para dar a ela os presentes acertados previamente. Se a mãe não conseguir obter muito do homem, ela deve mostrar alguns de seus pertences como tendo sido dados à filha pelo noivo.

A mãe pode permitir que a filha case-se com o homem em segredo, como se ela não soubesse de nada, e, fingindo que o fato só então veio ao seu conhecimento, deve dar seu consentimento para a união.

A filha também pode fazer-se atraente para os filhos dos cidadãos ricos desconhecidos de sua mãe e fazer com quem se liguem a ela e, com esse propósito, deve encontrá-los nos momentos de aprender a cantar, em locais onde há música e nas casas de outras pessoas, e então pedir à mãe, por meio de uma amiga ou criada, que permita a sua união com o homem que lhe pareça mais agradável.[93]

Quando a filha da cortesã é, dessa forma, dada ao homem, os laços do casamento devem ser mantidos por um ano e, depois disso, ela pode fazer o que quiser. Mas, mesmo depois do fim desse ano, quando tiver outra ocupação, se ela for convidada pelo primeiro marido para ir vê-lo, ela deve deixar de lado o seu ganho e passar a noite com ele.

Essa é a forma de casamento temporário entre cortesãs e de aumentar a sua beleza e o seu valor aos olhos de outros. O que foi dito sobre elas também pode ser aplicado às filhas de dançarinas, cujas mães devem dá-las somente a pessoas que possam tornar-se úteis para elas de diversas maneiras.

Assim terminam as formas de fazer com que alguém se torne adorável sob os olhos de outros.

a. Se depois de untar o seu *lingam* com a mistura de pós de datura branca, pimenta-longa, pimenta-preta e mel, um homem faz sexo com uma mulher, ele a torna submissa ao seu desejo.

---

93. É um costume das cortesãs dos países orientais conceder as filhas em casamento temporariamente quando elas atingem a idade para isso e depois que elas tenham recebido a educação no *Kama Sutra* e nas outras artes. Detalhes completos são dados na página 76 de *Early ideas, a group of Hindoo stories*, reunido e editado por Anaryan. W. H. Allen and Co., Londres, 1881.

b. A aplicação de uma mistura da folha da planta *vatodbhranta*, de flores jogadas sobre um corpo humano quando está sendo levado para a cremação e do pó dos ossos do pavão e do pássaro *jiwanjiva* produz o mesmo efeito.

c. Os restos de um milhafre morto naturalmente transformados em pó e misturados com mucuna-preta e mel têm o mesmo efeito.

d. O homem que untar o corpo com uma pomada feita com a planta *Emblica myrabolans* tem o poder de submeter as mulheres à sua vontade.

e. Se um homem cortar em pequenos pedaços os brotos da planta *vajnasunhi* e mergulhá-los numa mistura de arsênico vermelho e enxofre e então secá-los sete vezes e aplicar esse pó misturado com mel ao seu *lingam*, ele consegue subjugar uma mulher diretamente ao manter relações sexuais com ela. Se, ao queimar esses brotos à noite e olhar através da fumaça, ele vir uma lua cor de ouro, então ele terá sucesso com qualquer mulher. Se ele atirar um pouco do pó desses brotos misturados com excremento de macaco sobre uma virgem, ela não será dada em casamento a mais ninguém senão a ele.

f. Se pedaços da raiz *arris* forem temperados com óleo de manga e mantidos por seis meses num buraco feito no tronco da árvore *sisu* e depois tirados e transformados em pomada e aplicados no *lingam*, isso pode ser usado, segundo dizem, como uma forma de subjugar as mulheres.

g. Se o osso de um camelo for mergulhado no suco da planta *Eclipta prostata* e então queimado, e o pigmento negro resultante de suas cinzas for posto numa caixa feita também de osso de camelo e for aplicado junto com antimônio nos cílios, com um pincel também feito de osso de camelo, então esse pigmento é conhecido como sendo muito puro e benéfico para os olhos e serve como forma de subjugar outros à pessoa que o usa. O mesmo efeito pode ser produzido pelo pigmento negro feito de ossos de falcões, abutres e pavões.

Assim terminam as formas de subjugar outros à vontade de alguém.

Os meios de aumentar o vigor sexual são:

a. Um homem obtém vigor sexual bebendo leite misturado com açúcar, a raiz da planta *uchchata*, pimenta-longa de Java e alcaçuz.

b. Bebendo leite misturado com açúcar depois de ter fervido nele um testículo de carneiro ou de bode.

c. Bebendo o suco de *Hedysarum gangeticum*, de *kuili* e da planta *kshirika* misturada com leite, que produz o mesmo efeito.

d. A semente da pimenta-longa e as sementes da *Sanseviera roxburghiana* e da planta *Hedysarum gangeticum*, moídas juntas e misturadas com leite, produzem um resultado similar.

e. De acordo com autores antigos, se um homem triturar as sementes ou raízes de *Trapa bispinosa*, de *kasurika*, de jasmim-da-arábia e alcaçuz, junto com o *kshirakapoli* (uma espécie de cebola), e despejar o pó em leite misturado com açúcar e manteiga clarificada e, tendo fervido a mistura em fogo moderado, beber a pasta formada, ele será capaz de desfrutar inúmeras mulheres.

f. Da mesma forma, se um homem misturar arroz com os ovos do pardal e, tendo fervido isso em leite, adicionar manteiga clarificada e mel e beber a quantidade necessária, isso produzirá o mesmo efeito.

g. Se um homem tirar a casca de sementes de gergelim e embebê-las em ovos de pardal e, então, tendo-as fervido em leite, misturá-las com açúcar e manteiga clarificada, junto com os frutos da *Trapa bispinosa* e da planta *kasurika*, adicionando farinha de trigo e feijões, e então beber a mistura, diz-se que ele será capaz de desfrutar muitas mulheres.

h. O néctar resultante da mistura de manteiga clarificada, mel, açúcar e alcaçuz em quantidades iguais, suco de erva-doce e leite é considerado sagrado, estimulador do vigor sexual, conservante da vida e doce para o paladar.

i. A pasta resultante de *Asparagus recemosus*, da planta *shvadaushtra*, da planta *guduschi*, da pimenta-longa e de alcaçuz fervidos em leite, mel e manteiga clarificada, na primavera, é conhecida por produzir o mesmo efeito acima.

j. A bebida resultante do *Asparagus recemosus* e da planta *shvadaushtra* fervidos em água junto com os frutos macerados da *Premna spinosa* é conhecida por agir da mesma forma.

k. Beber manteiga clarificada, fervida de manhã durante a primavera, é conhecido como benéfico para a saúde e a força e agradável para o paladar.

l. Se o pó da semente da planta *shvadaushtra* e da flor de cevada forem misturados em partes iguais, e uma porção disso, ou seja, um peso de dois *palas*,[94] for ingerida todas as manhãs ao levantar, isso tem o mesmo efeito da receita anterior.

Há também os seguintes versos sobre o tema:

"As formas[95] de produzir amor e vigor sexual devem ser aprendidas com a ciência da medicina, com os *Vedas*,

94. Unidade de peso igual a aproximadamente 35 gramas, de acordo com a tradução de R. Shamasastry (1961) do *Artha-sastra*, obra científica de autoria de Kautilya, datada do século III a.C., que inclui anotações sobre pesos e medidas. (N.T.)

95. Os autores orientais se ocuparam de afrodisíacos desde os tempos mais remotos. A seguinte nota sobre esse tema foi tirada da página 29 da tradução de *Hindoo art of love*, ou seja, o *Anunga Runga*, citado no prefácio deste trabalho, Parte I, página 14: "Muitos tratados orientais dividem os afrodisíacos em dois diferentes tipos: 1 – os mecânicos ou naturais, como sacrifícios, fragelos etc. e 2 – os medicinais ou artificiais. Nesse último caso está a aplicação de insetos, como é praticado por raças bárbaras. Todos os orientalistas lembrarão da lenda do velho brâmane, cuja jovem mulher insistia para que ele fosse de novo mordido por uma vespa".

com os que são iniciados nas artes da magia e com parentes de confiança. Não devem ser experimentadas as formas que têm efeitos duvidosos, que possam causar prejuízos para o corpo, que envolvam a morte de animais e que induzam ao contato com coisas impuras. As formas que devem ser usadas são as sagradas, conhecidas como boas e aprovadas pelos brâmanes e pelos amigos".

Capítulo 2

Sobre os meios de excitar o desejo e experiências e receitas

Se um homem for incapaz de satisfazer uma *Hastini*, ou mulher-elefante, ele deve recorrer às várias formas de excitar a sua paixão. No começo, ele deve esfregar a sua *yoni* com as suas mãos ou dedos, e não deve começar a relação até que ela fique excitada ou tenha prazer. Essa é uma maneira de excitar uma mulher.

Ou ele pode fazer uso de certos *Apadravyas*, ou coisas que são postas no *lingam* ou ao redor dele para complementar o seu comprimento ou espessura, com o objetivo de que ele se ajuste à *yoni*. Na opinião de Babhravya, esses *Apadravyas* devem ser feitos de ouro, prata, cobre, ferro, marfim, chifre de búfalo, vários tipos de madeira, estanho ou chumbo e devem ser suaves, frios, estimuladores do vigor sexual e bem ajustados para que sirvam ao seu propósito. Vatsyayana, no entanto, diz que eles devem ser feitos de acordo com o gosto de cada indivíduo.

Os diferentes tipos de *Apadravyas* são os seguintes:

1. "A pulseira" (*valaya*) deve ser do mesmo tamanho do *lingam* e deve ter a face externa tornada áspera por glóbulos.

2. "O par" (*sanghati*) é formado por duas pulseiras.

3. "O bracelete" (*chudaka*) é feito pela união de três ou mais pulseiras, até que elas atinjam o comprimento necessário do *lingam*.

4. "O bracelete simples" é formado ao enrolar-se um único fio no *lingam*, de acordo com as suas dimensões.

5. O *kantuka*, ou *jalaka*, é um tubo aberto nas duas pontas, áspero por fora e pontuado por glóbulos suaves, feito para ajustar-se ao tamanho da *yoni*, e que deve ser atado à cintura.

Quando objetos como esses não podem ser obtidos, então pode-se usar um tubo feito de dilênia, ou um caule tubular do porongo, ou um junco amaciado com óleo e extratos de plantas e atado à cintura com cordões, assim como uma sequência de pedaços de madeira macia atados juntos.

Os objetos acima são os que podem ser usados junto com o *lingam* ou em seu lugar.

O povo dos países meridionais acreditam que o verdadeiro prazer sexual não pode ser atingido sem que se perfure o *lingam*, e eles de fato fazem com que o órgão seja furado como as orelhas de uma criança.

Quando o rapaz fura o seu *lingam*, deve fazê-lo com um instrumento afiado, permanecendo na água enquanto houver sangramento. À noite, ele deve manter relações sexuais, até mesmo com vigor, para limpar o furo. Depois disso, ele deve continuar lavando o furo com decocções, e aumentar o seu tamanho ao introduzir nele pequenos pedaços de cana e da planta antidisentérica *wrighti*, aumentando, assim, gradualmente, o orifício. Ele também pode ser lavado com alcaçuz misturado com mel, e o tamanho do furo pode ser aumentado com o talo da fruta da planta *sima-patra*. O furo também deve ser untado com uma pequena quantidade de óleo.

No furo feito no *lingam*, um homem pode colocar *Apadravyas* de vários formatos, como o "redondo", o "redondo de um lado", o "morteiro de madeira", a "flor", a "pulseira", o "osso da garça", o "aguilhão do elefante", a "coleção de oito bolas", o "cacho de cabelo", o "local onde quatro estradas se encontram" e outros objetos denominados de acordo com a sua forma e maneiras de usá-los. Todos esses Apadravyas devem ser ásperos no seu lado externo, de acordo com a necessidade.

Agora, devem ser relatadas as formas de aumentar o *lingam*.

Quando o homem deseja aumentar o *lingam*, ele deve esfregá-lo com as cerdas de certos insetos que vivem em árvores e, então, depois de esfregá-lo durante dez noites com óleos, deve esfregá-lo com as cerdas novamente. Ao fazer isso continuamente, será produzido um inchaço no *lingam*, e o homem deve então deitar-se em um catre e introduzir o seu *lingam* em um buraco, fazendo com que fique pendurado. Depois disso, ele deve eliminar a dor do inchaço usando decocções frias. O inchaço, que é chamado de *Suka*, é produzido com frequência pelo povo do país de Dravida, e permanece por toda a vida.

Se o *lingam* for esfregado com as seguintes coisas, ocorrerá um inchaço que durará pelo menos um mês: a planta *Physalis flexuosa*, a planta *shavara-kandaka*, a planta *jalasuka*, o fruto da berinjela, manteiga de búfala, a planta *hasti-charma* e o suco da planta *vajra-rasa*.

Ao esfregá-lo com óleo fervido na mistura desses ingredientes, produz-se o mesmo efeito, o qual dura por seis meses.

Também se obtém o aumento do pênis ao esfregá-lo ou hidratá-lo com óleo fervido em fogo moderado junto com sementes de romã e de pepino e os sucos da planta *valuka*, da planta *hasti-charma* e da berinjela.

Além desses métodos, outros podem ser aprendidos com pessoas experientes e de confiança.

A variedade de experimentos e receitas é a seguinte:

a. Se um homem misturar o pó da eufórbia e da planta *kantaka* com excremento de macaco e a raiz pulverizada da planta *lanjalika* e jogar essa mistura numa mulher, ela não amará mais ninguém depois disso.

b. Se um homem engrossar o suco da *Cassia fistula* e do jambolão, misturando-o com o pó da planta *soma*, da *Vernonia anthelmintica*, da *Eclipta prostata* e da *lohopajihirka* e aplicar essa composição na *yoni* de uma mulher, e depois tiver uma relação sexual com ela, o seu amor por ela será destruído.

c. O mesmo efeito ocorre se um homem se relacionar com uma mulher que se banhou no soro do leite de búfala misturado com os pós da planta *gopalika*, da planta *banu-padika* e do amaranto amarelo.

d. Uma pomada feita das flores da *Nauclea cadamba*, do cajá e do jambolão, quando usada por uma mulher, faz com que o marido não goste mais dela.

e. Grinaldas feitas das flores acima, quando usadas pela mulher, produzem o mesmo efeito.

f. Uma pomada feita com o fruto da *Asteracantha longifólia* (*kokilaksha*) contrairá a *yoni* de uma *Hastini*, ou mulher-elefante, e essa contração durará por uma noite.

g. Uma pomada feita com raízes trituradas do *Nelumbrium speciosum* e do lótus-azul e o pó do planta *Physalis flexueosa* misturado com manteiga clarificada e mel aumentará a *yoni* da *Mrigi*, ou mulher-corça.

h. Uma pomada feita do fruto da *Emblica myrabolans* molhado no suco leitoso da eufórbia, da planta *soma*, da *Caolotropis gigantea* e no suco do fruto da *Vernonia anthelmintica* fará com que o cabelo fique branco.

i. O suco das raízes da planta *madayantaka*, do amaranto amarelo, da planta *anjanika*, da *clitoria ternateea* e da planta *shlakshnaparni*, usado como loção, fará com que o cabelo cresça.

j. Uma pomada feita a partir dessas raízes fervidas em óleo e esfregada no cabelo fará com que ele fique preto e restabelecerá gradualmente o cabelo que caiu.

k. Se a laca for saturada sete vezes no suor do testículo de um cavalo branco e aplicada a um lábio vermelho, ele ficará branco.

l. A cor dos lábios pode ser recuperada com o uso da *madayantika* e de outras plantas mencionadas.

m. A mulher que ouve um homem tocando uma flauta que foi condimentada com os sucos da planta *bahupadika*, de *Taberamontana coronaria*, de *Costus speciosus* ou *arabicus*, de *Pinus deodora*, de *Euphorbia antiquorum*, de *varja* e da planta *kantaka* torna-se sua escrava.

n. Se a comida for misturada ao fruto da datura (*Dathura*), ela causa intoxicação.

o. Se a água for misturada com óleo e cinzas de qualquer tipo de grama, à exceção da grama *kusha*, ela torna-se da cor do leite.

p. Se o *Yellow myrabolans*, o cajá, a planta *shrawana* e a planta *priyangu* forem triturados juntos e aplicados a potes de ferro, eles se tornarão vermelhos.

q. Se uma lâmpada, cheia de óleo extraído da plantas *shrawana* e *priyangu* e com o pavio feito de tecido e de restos de peles de cobra, for acesa e longos pedaços de madeira forem colocados próximos a ela, esses pedaços de madeira parecerão várias cobras.

r. Beber o leite de uma vaca branca que tem um bezerro branco ao pé traz boa sorte, produz fama e preserva a vida.

s. As bênçãos pacificadoras de veneráveis brâmanes têm o mesmo efeito.

Há também alguns versos, como conclusão:

"Assim escrevi eu em poucas palavras a *Ciência do amor*, depois de ler os textos de autores antigos e de seguir as formas de prazer mencionadas neles".

"Ele, que é conhecedor dos verdadeiros princípios dessa ciência, refere-se a *Dharma*, *Artha*, *Kama* e às próprias experiências, assim como aos ensinamentos de outros, e não age simplesmente de acordo com o que dita o seu próprio desejo. Sobre os erros na ciência do amor que mencionei neste trabalho, imediatamente depois de mencioná-los e usando a minha própria autoridade como autor, eu os censurei e proibi cuidadosamente."

"Um ato nunca é visto com indulgência pela simples razão de ser autorizado pela ciência, porque é preciso lembrar que a intenção da ciência é a de que as regras que ela contêm devam ser usadas em casos específicos. O *Kama Sutra* foi escrito de acordo com os preceitos da Sagrada Escritura, para benefício do mundo, por Vatsyayana, depois de ler e de levar em consideração o trabalho de Babhravya e de outros autores antigos e de refletir sobre o significado das regras ditadas por eles. Fez isso enquanto era estudante religioso, completamente ocupado com a contemplação da divindade."

"Este trabalho não tem o propósito de ser usado meramente como instrumento para satisfazer os nossos desejos. A pessoa conhecedora dos princípios verdadeiros dessa ciência e que preserva *Dharma*, *Artha* e *Kama* e tem respeito pelos costumes do povo tem a certeza de obter o domínio de seus sentidos."

"Em resumo, a pessoa prudente e inteligente, preocupada com *Dharma* e *Artha*, e também preocupada com *Kama*, obtém sucesso em tudo o que empreender, sem tornar-se escrava de suas paixões."

FIM DA PARTE VII

Observações conclusivas

Assim termina, em sete partes, o *Kama Sutra* de Vatsyayana, que pode também ser chamado de tratado sobre homens e mulheres, suas relações mútuas e ligação entre si.

É um trabalho que deve ser estudado por todos, tanto velhos quanto jovens. Os primeiros encontrarão nele verdades autênticas, reunidas pela experiência e já testadas por eles, enquanto os últimos desfrutarão da grande vantagem de aprender coisas que poderiam nunca aprender de outra forma, ou que aprenderiam quando fosse tarde demais ("tarde demais", imortais palavras de Mirabeau) para beneficiar-se do aprendizado.

Também pode ser justamente recomendado para o estudante de ciências sociais e humanidades e, acima de tudo, para os estudantes das ideias antigas, que se filtraram através das areias do tempo e parecem provar que a natureza humana de hoje se parece muito com a natureza humana de há muito tempo.

Foi dito sobre Balzac (o grande, se não o maior entre os romancistas franceses) que ele parecia ter herdado uma percepção natural e intuitiva dos sentimentos de homens e mulheres e que os descreveu com uma análise digna de um homem da ciência. O autor do presente trabalho também parece ter tido um conhecimento considerável sobre a humanidade. Muitas de suas observações são tão cheias de simplicidade e verdade que resistiram à prova do tempo e se mantêm tão claras e verdadeiras como quando foram escritas pela primeira vez, há cerca de 1.800 anos.

É uma coleção de fatos, contados em linguagem simples e ingênua, e é preciso lembrar que naqueles tempos remotos aparentemente não havia noção de embelezamento do trabalho, seja com um estilo literário, fluidez de linguagem ou quantidade de textos supérfluos. O autor diz ao mundo o que ele sabe em uma linguagem muito concisa, sem nenhuma preocupação em produzir uma história interessante. Com essas informações, quantos romances poderiam ter sido escritos! De fato, muito do material contido nas Partes III, IV, V e VI formaram a base de muitas das histórias e lendas contadas nos últimos séculos.

Na Parte VII há algumas receitas curiosas. Muitas delas parecem ser tão primitivas quanto o livro em si, mas em trabalhos posteriores da mesma natureza essas receitas e prescrições parecem ter aumentado, tanto em qualidade quanto em quantidade. No *Anunga Runga*, ou *Palco do amor*, mencionado no Prefácio, na Parte I, há não menos que 33 diferentes temas para os quais 130 receitas são dadas.

Como os detalhes podem ser interessantes, esses temas são descritos a seguir:

1. Para apressar o paroxismo da mulher.
2. Para atrasar o orgasmo do homem.
3. Afrodisíacos.
4. Para engrossar e alongar o *lingam*, dando a ele vigor, força, dureza e potência.
5. Para estreitar e contrair a *yoni*.
6. Para perfumar a *yoni*.
7. Para remover e destruir os pelos no corpo.
8. Para resolver a suspensão repentina do incômodo mensal.

9. Para reduzir a aparição excessiva do incômodo mensal.

10. Para purificar o útero.

11. Para provocar a gravidez.

12. Para prevenir o aborto e outros acidentes.

13. Para garantir um trabalho de parto fácil e rápido.

14. Para limitar o número de filhos.

15. Para engrossar e embelezar o cabelo.

16. Para dar uma boa cor negra ao cabelo.

17. Para deixar o cabelo branco e descolorido.

18. Para renovar o cabelo.

19. Para remover da pele do rosto as erupções que surgem e deixam pontos negros.

20. Para remover a cor negra da epiderme.

21. Para aumentar os seios das mulheres.

22. Para erguer e enrijecer seios caídos.

23. Para dar perfume à pele.

24. Para eliminar o mau sabor da perspiração.

25. Para untar o corpo depois do banho.

26. Para dar um cheiro prazeroso ao hálito.

27. Drogas e encantamentos com o objetivo de fascinar, submeter e dominar tanto homens quanto mulheres.

28. Receitas para ajudar a mulher a atrair e preservar o amor do marido.

29. Colírios mágicos para ganhar amor e amizade.

30. Receitas para dominar outras pessoas.

31. Pílulas de feitiço e outros encantamentos.

32. Incenso ou fumigador para produzir atração.

33. Versos mágicos que têm o poder de produzir atração.

Entre as 130 receitas, muitas são absurdas, mas certamente não mais do que muitas das receitas e prescrições em uso na Europa até há pouco tempo. Poções do amor, encantamentos e remédios de ervas foram usados antigamente de maneira livre tanto na Europa quanto na Ásia, e, sem dúvida, muitas pessoas ainda acreditam neles em muitos lugares.

Agora, uma palavra sobre o autor do trabalho, o velho e bom sábio Vatsyayana. Há muito que lamentar pelo fato de que nada pôde ser descoberto sobre sua vida, seus pertences e seu meio ambiente. No fim da Parte VII, ele afirma que escreveu o trabalho enquanto levava a vida de estudante religioso (provavelmente em Benares) e completamente dedicado à contemplação da divindade. Ele deveria ter uma certa idade naquela época, já que nos lega o privilégio de sua experiência e de suas opiniões, que ostentam a marca da idade mais que da juventude. De fato, o trabalho dificilmente poderia ter sido escrito por um jovem.

Em um bonito verso dos Vedas dos cristãos fala-se da morte envolta em paz, de que eles descansam de seus trabalhos e de que seus trabalhos os sucedem. De fato, os trabalhos dos homens geniais os sucedem e ficam como um último tesouro. E, apesar de haver disputas e discussões sobre a imortalidade do corpo ou da alma, ninguém pode negar a imortalidade da genialidade, que permanece uma estrela-guia brilhante para a humanidade esforçada dos tempos seguintes. Esta obra, então, que resistiu à prova dos séculos, deu um lugar a Vatsyayana entre os imortais, e sobre Isso e sobre Ele nenhuma elegia ou elogio pode ser melhor do que as seguintes linhas:

"Enquanto os lábios beijarem e os olhos enxergarem
Isto há de viver e a ti dar vida".

lepmeditores

www.lpm.com.br

o site que conta tudo

IMPRESSÃO:

PALLOTTI
GRÁFICA

Santa Maria - RS | Fone: (55) 3220.4500
www.graficapallotti.com.br